GUIL...

Guillaume Siaudeau est né le 16 décembre 1980 à La Roche-sur-Yon. Poète et romancier, il participe à des ouvrages collectifs et est le fondateur de la revue de poésie *Charogne*. Son premier roman, *Tartes aux pommes et fin du monde*, a paru chez Alma Éditeur pour la rentrée littéraire 2013, suivi de *La Dictature des ronces*, chez le même éditeur en 2015.

Retrouvez toute l'actualité de l'auteur sur :
http://lameduseetlerenard.blogspot.fr/

LA DICTATURE DES RONCES

GUILLAUME SIAUDEAU

LA DICTATURE
DES RONCES

ALMA, ÉDITEUR. PARIS

Pocket, une marque d'Univers Poche,
est un éditeur qui s'engage pour la préservation
de son environnement et qui utilise du papier fabriqué
à partir de bois provenant de forêts
gérées de manière responsable.

© Alma, éditeur. Paris, 2015.
ISBN : 978-2-266-26516-4

Merci à mon amie, Chloé, pour le sable.

À celle qui me supporte

« *Partons. Partons.* » Nous ne bougions pas, cependant, peut-être parce que nous étions restés trop longtemps déjà et que le moment convenable pour le départ était passé…

WITOLD GOMBROWICZ - *Cosmos*

Cet été-là, le canapé avait conclu un marché avec mon postérieur, si bien qu'ils avaient fini par devenir les meilleurs amis du monde et qu'il fallait désormais faire des pieds et des mains pour les séparer. Les oiseaux s'étaient tous barrés quelque part à la campagne et il ne fallait plus compter que sur les croassements insupportables qu'une poignée d'irréductibles corbeaux baladait de long en large tout autour de l'immeuble.

Puis un matin le téléphone a retenti comme une sirène annonçant un bombardement doux et inoffensif. J'avais rencontré Henry lors d'un boulot saisonnier, une dizaine d'années plus tôt. Nous étions restés très proches et depuis il m'arrivait de lui rendre visite une ou deux fois l'an (je n'en avais pas encore eu l'occasion depuis qu'il était parti s'installer à Sainte-Pélagie).

C'était une île à la réputation étrange, à l'image d'Henry, et peu de touristes s'y aventuraient parce qu'on disait que là-bas l'été était une sorte de printemps à peine plus chaud qu'un hiver.

Henry devait quitter l'île pour un mois. Il venait d'acquérir un chien et la gent canine n'était visiblement pas la bienvenue là où il se rendait. Un mois de vacances s'offrait donc à moi, avec pour seules contraintes de faire faire la petite et la grosse commission au cabot et d'entretenir un peu le jardin.

Voilà comment je me suis retrouvé toutes vitres ouvertes par cette gracieuse matinée de juin, à prendre la route de Sainte-Pélagie. Il était 10 heures, je roulais un peu au-dessus de la limite autorisée et les paysages qui défilaient aux alentours semblaient sortir tout droit d'un cartoon dessiné avec les pieds.

Une heure et demie de voiture et vingt minutes de traversée en bateau étaient censées suffire pour arriver sur place, mais c'était sans compter ma destinée tragique, qui en cinq minutes pouvait changer un ciel bleu en un enfer lugubre et faire clignoter tous les voyants du tableau de bord à seulement quelques kilomètres du terminus.

J'ai glissé en roue libre sur le bord du fossé et le ciel s'est mis à libérer les milliards de glaçons d'un apéritif géant dont ma situation géographique était le fond du verre.

J'ai attendu que la glace se change en eau, et que l'eau devienne de ridicules petits crachats épars tout juste bons à humilier un homme tombé en panne.

J'ai marché un ou deux kilomètres avec ma valise et croisé un panneau qui indiquait le port à trois kilomètres (finalement je ne m'en étais pas trop mal tiré).

Dans ma tête, un hamburger bien chaud et bien dodu venait lui aussi de prendre le départ de cette interminable course.

Plus tard, j'ai aperçu au loin le port, qu'irradiait un seul rayon de soleil rachitique, et un peu de civilisation. Comme une dizaine d'insectes flirtant avec le faisceau d'une lampe torche. Mon salut.

J'ai pénétré dans le premier fast-food encore ouvert. Ça faisait plus de deux heures qu'une image de hamburger sautillait dans ma tête, et j'ai demandé au type derrière le comptoir de me servir le plus gros disponible à la carte. Le type a regardé ses pieds et j'ai compris qu'il y avait un pépin.

— Je suis désolé monsieur, on a eu un petit souci avec les pains...

Le gros hamburger qui faisait des flexions dans ma tête depuis deux heures a commencé à ralentir la cadence et bientôt s'est carrément arrêté pour s'asseoir et se reposer dans un coin de mon cerveau.

— Vous voulez dire le genre de souci qui vous empêche de m'en servir un énorme...

— Disons qu'il ne sera pas aussi gros que d'habitude... Il ressemblera plutôt à une sorte de demi-gros hamburger, a dit le type, gêné.

J'ai entrouvert la bouche et il a compris qu'il venait de me foutre un sacré coup au moral.

Le type m'a expliqué qu'ils avaient eu un problème avec la livraison des pains à hamburgers cette semaine. Que d'habitude tout se passait au poil, mais que cette fois-ci ils n'avaient reçu que les pains à hamburger du dessous. Pas l'ombre d'un chapeau dans leur dernière livraison, uniquement les pains du dessous.

— Et donc depuis le début de la semaine, vous ne pouvez servir que des moitiés sans chapeau ?

— C'est exactement ça monsieur… Vous y trouverez tout sauf le chapeau.

Le hamburger qui s'était démené durant deux heures dans mon crâne et qui venait de s'asseoir s'est repris un peu et a recommencé à gambader faiblement, la tête complètement nue et avec l'allure d'un sandwich un peu dépité.

Je lui ai dit que ça irait comme ça et il m'a servi son modèle décapité, composé d'un pain de dessous, d'un steak haché, d'une rondelle de tomate et de deux cornichons, le tout sans l'ombre d'un couvre-chef au sésame.

Puis le type a commencé à faire sa vaisselle et j'ai englouti son hamburger moitié moins bon que d'habitude en le regardant frotter ses assiettes.

Je suis sorti à demi rassasié du fast-food et sur le port le ciel s'était partiellement dégagé, laissant le soleil se faire chahuter par les vagues. Quelques bateaux au loin jouaient à celui qui paraissait le plus immobile dans l'horizon et ma panne de voiture n'était déjà plus qu'un mauvais souvenir recouvert par la marée montante. J'ai longé le port jusqu'à l'embarcadère, avec le chant des mouettes bien au fond des oreilles. Elles faisaient le bruit d'un gramophone géant qu'une main invisible aurait soudain actionné.

Peu de personnes attendaient la navette qui était censée nous amener sur l'île. Sainte-Pélagie était bel et bien la destination parfaite où envoyer un ami à qui on souhaitait faire une mauvaise blague.

J'en étais à me demander ce que j'allais faire chez Henry, en dehors des popos du chien-chien et des arrosoirs à vider au pied des tomates, quand un nain m'a tapoté la cuisse pour me demander du feu. Il avait à la bouche un cigare si gros qu'on était en droit de craindre à chaque instant qu'il bascule en avant, sa petite taille étant à peu près identique à celle de son cubain.

— Vous n'êtes pas du coin, jeune homme, m'a-t-il dit.

— Exact, j'habite dans les terres, à une centaine de kilomètres d'ici… Qu'est-ce qui vous fait dire ça ?

— Votre façon de regarder votre montre et la mer. Vous apprendrez qu'ici aucune navette n'arrive à l'heure. La faute au type qui tient la barre ; il a tendance à confondre le boulot avec sa bouteille et la brume avec son oreiller.

— Je ne suis pas pressé, je lui ai dit.

— Je me présente, Harry Prichton, maire de Sainte-Pélagie.

Nous avons troqué une main et un sourire.

— Je peux vous demander ce que vous venez faire à Sainte-Pélagie ? m'a demandé le nain.

— Mon ami Henry s'absente quelques semaines, et il m'a demandé de sortir son chien et d'arroser son jardin.

— Ah, ce bon vieux Henry ! Vous lui passerez le bonjour de ma part !

Il semblait connaître Henry. Mes yeux alternaient maintenant entre ma montre, la mer, et ce nain qui s'avérait le maire de Sainte-Pélagie.

Entre-temps, j'avais allumé le bout de son cigare et la fumée avait construit un mur entre nos deux visages, donnant le plein avantage à nos voix.

— Vous savez, a-t-il repris, l'île de Sainte-Pélagie n'est plus ce qu'elle était. J'ai beau être maire, je n'y mets plus si souvent les pieds.

— Pourquoi ça ?

— Les gens qui ont passé trop de temps là-bas sont devenus cinglés. Vous vous en rendrez compte par vous-même. Si vous voulez mon conseil, préférez le séjour express.

— J'ai prévu de rester un mois maximum, le temps que mon ami Henry revienne et que ses tomates aient rougi.

— Un mois, c'est trop. Si l'île a si mauvaise réputation ce n'est pas pour rien. Vous verrez, ils sont tous cinglés, j'vous dis. C'est pas un cadeau qu'il vous a fait là, votre ami Henry !

Puis le nain a filé en tirant d'énormes bouffées sur son cigare, alors que la navette apparaissait enfin sur la ligne d'horizon.

Longtemps que je n'avais pas pris la mer. Longtemps que je n'avais pas vomi. Au large, les vagues sautillaient et il devenait difficile pour un hamburger fraîchement englouti de rester bien sagement au fond d'un estomac.

De temps à autre, le capitaine portait une flasque à ses lèvres, mais le bateau gardait le cap. La brume s'était dissipée, il n'avait donc plus aucune raison de s'endormir, et l'arrivée à Sainte-Pélagie n'était plus que l'histoire d'une poignée de minutes.

Nous étions peu, sur le rafiot. Une petite dizaine. Impossible de dire si les autres passagers étaient des îlotiers ou simplement des touristes. Ils n'avaient pas l'air cinglés. Sûrement des touristes.

Nous avons débarqué et Henry m'attendait sur la jetée. Il était venu avec son chien qui n'avait plus que trois pattes.

— Qu'est-ce qui lui est arrivé à ton chien ?

— Il court un quart de fois moins vite que les autres chiens ! m'a répondu Henry en éclatant de rire. On l'a amputé. Une infection qu'aucun véto n'a pu soigner, et clac !

— Il n'a pas l'air de trop accuser le coup...

— Il est plus lent, mais le bon côté c'est que les balades sont devenues plus longues. Hein Nestor !

Son chien était hideux. Une boule de poils avec une patte en moins. Le genre de chien qu'on trouve attaché devant tous les bureaux de tabac, en pire. J'ai immédiatement compris que j'allais préférer le jardin.

Nous sommes remontés vers chez Henry et le sentier qui longeait la falaise était magnifique. Assis près du bord, un gosse balançait sa tête de gauche à droite en prononçant « *papa ?* ».

Henry s'est approché de mon oreille.

— Son père est mort en mer l'année dernière. Tous les jours en rentrant de l'école le môme s'assoit ici pour l'attendre. Le môme est aveugle et dès qu'une mouette ou un pied se pose sur le sol dans un rayon de vingt mètres il croit que son père est de retour. Triste.

J'ai regardé le gamin intrigué.

— Tu vas voir, m'a dit Henry.

Nous nous sommes arrêtés, il a ramassé une pierre et l'a jetée à quelques mètres du petit. Le gosse a tourné la tête en direction de l'impact avant de prononcer un énième « *papa ?* ».

— Pauvre petit, j'ai dit.

Le môme a relancé un « *papa ?* » dans ma direction.

Nous étions arrivés dans la zone des vingt mètres où chacun de nos mouvements et chacune de nos paroles étaient susceptibles d'être ceux de son père.

— On ferait mieux de filer, a dit Henry.

— « *Papa ?* »

Sur le sentier, Nestor s'arrêtait de temps à autre près d'un poteau et se mettait à pisser sans avoir besoin de lever la patte. Les centièmes de seconde qu'il perdait à trottiner étaient donc récupérés lorsqu'il faisait ses besoins.

Henry m'a dressé le portrait de l'île, m'avouant à demi-mot qu'il était sans doute la dernière personne saine d'esprit sur Sainte-Pélagie. Je lui ai passé le bonjour du maire et Henry s'est mis à rire. « *Encore un fou !* » s'est-il gaussé.

— Le maire passe tout son temps sur le quai à dire aux gens que les Pélaginois sont cinglés. À une époque, on lui attribuait les chiffres désastreux du tourisme sur l'île. Il se disait qu'il parvenait à faire rebrousser chemin à un touriste sur trois !

— Il a bien essayé de me convaincre, en effet…

Il faisait à présent un temps magnifique et je ne regrettais pas de ne pas avoir écouté le nain cinglé au cubain.

Nous sommes arrivés chez Henry et il a décapsulé deux bières. La mienne avait le goût d'un début de vacances chaud et jouissif, d'une longue éclaircie

23

en cavale poursuivie par une petite armée de nuages maladroits.

— Alors, comment tu vas ? m'a-t-il demandé.

— Comme d'hab, ni trop mal, ni trop bien, j'ai dit avec un petit sourire.

— Je vois... plutôt assez mal qu'assez bien, je me trompe ?

— Pas au top de ma forme, je te l'accorde, mais on fait aller.

Henry était une vieille connaissance et il n'y avait pas besoin de savoir lire dans mes pensées pour prédire mon état psychologique. Qui me connaissait savait que ma vie avait toujours été un peu éparpillée. Mes rêves dispersés. Mes espoirs cadenassés. Il y avait ces problèmes basiques de fric et de femmes, de bonheur et d'épanouissement personnel. J'étais plutôt du genre à ne pas croire au paradis mais à craindre l'enfer. À banaliser la lumière et à sacraliser les ombres. Je ne sais pas si mon pessimisme était à la hauteur de mes problèmes mais il y mettait du sien.

— Tu devrais profiter de ton séjour ici pour te refaire une santé. Oublier un peu tout le reste.

— Ouais, tu as raison.

Il m'a regardé amicalement, avec des yeux comme des bras tendus.

— Je ne désespère pas de te voir un jour prendre ta vie en mains...

J'ai souri. Au fond de moi, j'étais triste. Parce que Henry avait raison. J'avais les mains pleines d'absence, pleines de vide. Il n'y avait plus de place que pour un petit poil. Et j'en étais à me demander comment il était possible de prendre sa vie en mains lorsqu'on les avait déjà pleines.

Il m'a fait visiter la maison. Elle n'était ni trop petite ni trop grande, et je m'y sentais déjà formidablement bien. Un puzzle dont j'aurais été la dernière pièce.

À l'étage, la fenêtre de la chambre donnait sur la mer et Henry m'a dit que d'ici il était possible de compter les mouettes pour s'endormir. Il ne manquait pas d'anecdotes sur chaque objet meublant les différentes pièces de sa bicoque et je m'appropriais petit à petit les lieux. Henry m'a dit que si j'avais le temps, ce pourrait être une bonne chose que j'apprenne au chien à donner la patte. Puis il a éclaté de rire avant que je comprenne. Pauvre chien. Il n'avait pas grand-chose pour lui et je me suis enfin risqué à le caresser. Son pelage était plus doux que ce que je pensais. Après tout, peut-être que cette boule de poils hideuse était gonflée d'amour ?

Le jardin était d'une taille raisonnable. Quantité de ronces avaient repris leurs droits mais tout cela ne me demanderait pas trop d'efforts. Ça tombait plutôt bien parce que mon fondement, comme à son habitude attiré par les canapés, venait d'en reluquer un joli spécimen dans le salon, au rez-de-chaussée.

Nous avons bu une deuxième bière, puis Henry m'a dit qu'il allait devoir me laisser. Ses valises étaient prêtes et il m'a fait ses dernières recommandations. Pas trop d'eau sur les tomates mais en abondance dans la gamelle du chien. L'après-midi, fermer les volets à l'étage parce que la chaleur ne faisait pas semblant par ici. Faire attention aux fous et éviter de les côtoyer trop longtemps. Et surtout prendre du bon temps. Puis il a filé et mon cul s'est jeté *illico* sur le canapé pour une première sieste crapuleuse.

L'après-midi a dégouliné le long des heures chaudes. Après ma petite sieste j'ai décidé de sortir avec le chien. J'ai emprunté le sentier que nous avions suivi quelques heures plus tôt et l'ai continué jusqu'à l'embarcadère. Le môme n'était plus là à attendre son père. Nestor avançait à un rythme convenable, comme si un fantôme de patte avait pris la place vacante et s'était lié d'amitié avec les trois autres membres.

Le quai était vide, à l'image de l'horizon. La prochaine navette devait être loin, digérant son pilote ivre et endormi.

Sur le chemin du retour, un gamin m'a interpellé. Il avait les cheveux longs, gras, ébouriffés. Un nid déserté par des oisillons mal élevés.

— Bonjour monsieur, vous avez pensé à mettre du sable dans vos chaussures ?

J'ai hésité à m'enfuir.

— Du sable dans mes chaussures ?

— Oui, du sable dans vos chaussures.

Il a enlevé une de ses chaussures dont le fond était tapissé d'une couche de sable de quelques centimètres.

27

— Vous voyez monsieur, comme ça on ne va plus nulle part à reculons. Maintenant, quand je vais à l'école, j'ai l'impression d'aller à la plage. Vous devriez essayer, monsieur.

Puis le gamin a pris la poudre d'escampette, avec la probable sensation de cavaler sur une longue plage déserte.

Du sable dans les chaussures… Encore un cinglé, j'ai pensé. Je me suis demandé si ce môme connaissait l'autre enfant, celui qui attendait le retour de son père. Tout ça m'a trotté dans la tête pendant toute la route du retour et j'ai repensé au nain : « *Les gens qui ont passé trop de temps là-bas sont devenus cinglés.* »

Je suis rentré à la maison et j'ai fait couler un café. La tasse à la main, j'ai entrepris de découvrir mon nouvel environnement. Il y avait un vieux tourne-disque sur le meuble du salon. Je l'ai lancé et Ella Fitzgerald s'est mise à visiter la maison avec moi. C'était une formidable bande-son pour cette balade errante.

Plusieurs portraits étaient accrochés aux murs, dont un qui a tout particulièrement attiré mon attention. Il représentait un homme de dos. L'envers d'un portrait. On ne voyait que l'arrière de sa tête, une masse brune de cheveux courts que le haut d'un col blanc venait effleurer. J'ai essayé d'imaginer le visage de cet homme. Il ne pouvait s'agir d'Henry, puisque ni la couleur, ni la longueur, ni la texture laineuse des cheveux ne correspondaient.

Plus loin, sur une petite table, Henry avait laissé une cigarette. Je me suis demandé s'il l'avait oubliée ou bien s'il l'avait laissée là pour son retour. Je l'ai allumée et la fumée s'est mise à danser avec Ella Fitzgerald et un rayon de soleil qui passait par là. J'ai pris l'escalier vers l'étage. Il y avait là-haut toute l'odeur de la mer. La fenêtre de la chambre était entrebâillée et un parfum de sel mouillé avait inondé la pièce. Je me suis posté devant la fenêtre. D'ici on surplombait la mer. Si elle n'avait pas été aussi large d'épaules on aurait presque pu lui donner des ordres. Elle était en train de se retirer. La longue étendue de sable se scindait en deux couleurs. Il y avait l'humide et le sec, et la ligne qui les dissociait était parfaitement parallèle à l'horizon. Ma cigarette perpendiculaire à cette symétrie parfaite, j'ai tiré de grosses bouffées, jusqu'à confondre le très-loin avec le très-près.

Je suis redescendu et j'ai filé vers la plage, laissant Ella Fitzgerald terminer le slow qu'elle avait entrepris avec un avorton de courant d'air.

J'ai longé en bon soldat la ligne qui séparait le sable humide du sable sec, bien parallèle à l'horizon. La plage était déserte.

Je me suis assis là, comme un objet au milieu de l'ennui. Plus loin en haut de la falaise, j'ai aperçu le même aveugle qui avait repris son tour de garde. Les mouettes étaient au rendez-vous au-dessus de sa tête, il risquait de manquer pas mal de retrouvailles.

J'ai fait couler plusieurs litres de sable entre mes doigts en regardant la nuit tomber.

Le lendemain, je me suis levé tôt. C'était un peu grâce au soleil et à son reflet dans le miroir de la chambre. Disons que, s'il n'avait pas été là, j'aurais sans doute dormi jusqu'à l'heure du déjeuner ; mais peu importe.

J'en ai profité pour me rendre à la bibliothèque. Elle jouxtait la place centrale. C'était un tout petit bâtiment ratatiné entre une boucherie et un salon de coiffure, à jamais menacé par les ciseaux et les couteaux tranchants qui lui tenaient lieu d'attributs.

L'employée avait une tête à faire plus jeune que son âge et je l'ai saluée. Je ne savais pas quel genre de bouquins il y avait ici. J'en ai pris un au hasard. Il parlait vraisemblablement d'une histoire d'amour qui finissait mal sur fond de courses de chevaux. Ce n'est pas que le livre me tentait plus que ça, mais le résumé de celui situé à sa droite donnait envie de se loger une balle, et celui à sa gauche de s'enfoncer le plus loin possible à l'intérieur de soi pour ne plus jamais en sortir. Celui-là donnait l'impression d'être un tantinet moins étouffant. Sur la couverture, on pouvait voir un couple qui s'embrassait devant un cheval

31

à la crinière rose fluo, et c'était déjà l'occasion de tirer plusieurs plans sur la comète. Parce qu'on se demandait bien comment ce couple en était arrivé à s'embrasser devant ce cheval à la crinière rose fluo. J'ai relu la quatrième du livre pour être bien sûr de mon choix, et ne pas regretter plus tard de n'avoir pas pris un des deux autres.

De près, l'employée avait maintenant une tête à faire plus vieille que son âge.

Elle a enregistré le prêt et a posé un mouchoir en papier sur le livre en me demandant si je voulais un sac plastique.

— Non merci, ça ira pour le sac, par contre je ne comprends pas bien pour le mouchoir en papier…

— Ah, vous êtes nouveau ici… Tous les livres que nous prêtons sont des livres qui se terminent très mal ou qui ont de fortes chances de vous inciter à pleurer. Si bien que nous offrons le mouchoir en papier avec chaque emprunt.

— Ah…

J'ai regardé à nouveau la couverture avec ce couple s'embrassant devant le cheval à la crinière rose.

— Pourtant, celui-ci ne m'a pas l'air si triste que ça, enfin, le cheval semble tout de même assez joyeux… je lui ai répondu.

— Attendez d'être arrivé à la fin, vous allez voir… ce pauvre cheval !

Je n'ai pas insisté, j'ai emporté le livre et le mouchoir en papier vers la plage comme je me serais rendu à un enterrement, à reculons.

Les trente premières pages ont défilé toutes seules. Une légère brise me mettait à l'aise et un silence sculpté de vagues ajustait au millimètre ma concentration.

Au bout d'une centaine de pages, j'ai commencé à avoir un de ces bourdons dont on ne sait pas trop d'où ils proviennent. Parfois, il était si fort que pour dédramatiser la scène j'imaginais ce cheval avec sa crinière rose fluo, et je me répétais « *qu'il a l'air con ce cheval avec sa crinière rose fluo...* ». Le problème est qu'au-delà de la page 150, tout a commencé à s'accélérer. J'ai d'abord eu pitié de ce cheval, à qui il arrivait les pires atrocités. Et imaginer cette bête idiote avec sa crinière rose fluo ne fonctionnait plus du tout. J'ai essayé de prêter d'autres couleurs à sa crinière, mais rien à faire, plus j'avançais, plus j'éprouvais l'envie pressante de sortir ce pauvre animal de l'enfer dans lequel l'auteur l'avait enfermé à tout jamais.

Les pages les plus douloureuses ont été les vingt dernières. Inutile de raconter en détail ce qui est advenu du cheval, et comment ce couple mielleux a laissé tomber la pauvre bête au profit d'un amour bancal à qui personne n'aurait prédit un grand avenir.

J'ai agrippé le mouchoir en papier alors que je lisais les dernières lignes et puisqu'il ne me serait plus d'aucune autre utilité je me suis effondré dedans. Dans mon esprit, un cheval à la crinière rose fluo n'en finissait plus d'agoniser et il n'y avait malheureusement aucune solution pour le tirer de là, sinon contacter l'auteur et le sommer de réécrire ces vingt dernières pages insupportables.

Je suis rentré et j'ai posé le bouquin sur la petite table du salon. Je n'ai rien pu avaler jusqu'au lendemain matin.

J'étais d'attaque dès 7 heures pour m'occuper du jardin. Pas mal de mauvaises herbes et de ronces avaient envahi les lieux et j'ai commencé par tout arracher. Le soleil ne cognait pas encore énormément et il était agréable de se mouvoir dans le silence.

J'ai ramassé un plein panier de haricots verts et arrosé les tomates. Rafraîchi le persil et bêché le parterre de crocus. J'ai envoyé valser quelques doryphores qui s'étaient déjà invités sur les feuilles des patates.

Je n'avais jamais eu de jardin à moi tout seul, mais j'avais souvent aidé mon père et je n'avais pas perdu le coup de main.

Un avion traînant une banderole publicitaire est passé en pétaradant au-dessus de la mer. Il était écrit : « *Pour un jardin en pleine forme achetez l'engrais Vitosol.* » J'ai trouvé la coïncidence amusante.

Cela faisait plus de deux heures que je me démenais, et j'ai rangé les outils avant de sauter sous la douche.

Plus tard, je suis sorti avec le chien, pour rendre le livre et faire quelques provisions. Un avion avec une autre banderole publicitaire a traversé le ciel. Il était écrit : « *Votre chien n'a pas la pêche ? Achetez les croquettes Vitamix.* » J'ai trouvé cette fois-ci la coïncidence assez dérangeante. Soit le pilote de l'avion observait chacun de mes faits et gestes, soit il avait eu un sacré bol ce matin en préparant ses banderoles. Je n'ai pas daigné y prêter plus d'attention.

Il était encore tôt et la place centrale était vide. Sur la porte de la bibliothèque, un petit écriteau disait que la bibliothèque était fermée aujourd'hui et nous remerciait pour notre compréhension. Ce n'était pas bien grave. Je n'étais pas pressé de me resaper le moral avec un autre de leurs bouquins.

J'ai accroché le chien devant la supérette, non sans me sentir un poil idiot. On voyait bien que ce poteau était là exprès. Qu'un nombre incalculable de chiens y avaient été attachés, y avaient pissé, y avaient grogné en attendant leur maître, y avaient supporté les discussions interminables des petits vieux à la sortie de la supérette, y avaient fomenté mille combines pour s'échapper de ce trou.

À l'intérieur, les produits étaient hors de prix. Peut-être une des raisons de la baisse significative du tourisme sur l'île…

J'ai fait le plein de provisions et récupéré Nestor qu'une petite vieille était en train de caresser.

Elle n'avait pas vu sa patte invisible et, lorsqu'elle s'en est rendu compte, elle a opéré un léger mouvement de recul.

— Mon Dieu, mais que lui est-il arrivé ?

— Ici, les fins de mois sont difficiles et la vie n'est pas donnée, on se nourrit comme on peut !

Elle n'a pas compris que je plaisantais. Elle semblait soudain s'être perdue depuis plusieurs jours au large de l'humour, sans savoir comment faire pour revenir sur la berge.

Elle m'a dévisagé avec une moue de dégoût. Je n'ai pas eu le courage de lui expliquer que je blaguais. Aucun mot n'est sorti de sa bouche mais ses yeux ont crié.

Tandis que je rentrais, un avion avec banderole publicitaire a longé l'horizon. Il disait : « *Fins de mois difficiles ? Parlez-en à votre banque Créditplus.* »

Le soir, j'ai décidé d'aller prendre un verre dans le seul bar de l'île. C'était un bar de campagne comme j'en avais déjà vu quand je suivais mon père, il y a quelques années en revenant de l'école. Avec ses poivrots habitués et sa patronne à deux doigts de devenir un mec. Quand je suis arrivé, les deux types au comptoir se sont retournés, m'ont dévisagé, puis sont repartis faire une excursion au fond de leur verre. J'ai commandé un whisky et les deux types se sont à nouveau tournés vers moi. L'un d'eux a pris la parole :

— Z'êtes nouveau ici…

— On peut dire ça comme ça. Je suis simplement de passage.

— Un touriste, z'êtes un touriste ? m'a demandé l'autre, qui avait une trogne à être resté plusieurs années bloqué dans une machine à UV.

— Un ami est parti en vacances, alors je m'occupe de sa maison.

Ils ont bu chacun une grande lampée en fermant les yeux, puis le premier type m'a regardé de nouveau.

— Vous devriez goûter le rosé, plutôt que le whisky…

— Et pourquoi donc, je lui ai dit avec un petit sourire qui se prenait pour une moue de désespoir.

— Parce que le rosé, on sait d'où qu'y vient, et pas le whisky.

Grande lampée pour les deux compères, et le second d'ajouter :

— Ouais, moi, j'me risquerais pas avec le whisky, l'étranger…

J'ai décommandé le whisky et la patronne m'a servi un rosé avant de remplir leurs deux verres qui avaient eu le temps de devenir des déserts transparents.

En avalant la première gorgée, j'ai failli tourner de l'œil. Je me suis demandé si la patronne n'avait pas confondu avec la bouteille de détergent. Et les deux types savouraient leur breuvage en me regardant l'air de dire : « *Alors, t'as bien fait de nous écouter, l'étranger, hein ? !* »

J'ai vidé mon verre d'un trait en essayant de contenir plusieurs grimaces, et l'un des deux types a levé le sien façon statue de la Liberté à la fin d'une soirée arrosée :

— C'est ma tournée ! J'paye ma tournée, tendez vos godets !

J'ai dû ressembler à un caméléon qui vient de poser une patte dans la farine.

— Euh, non merci, c'est gentil mais je vais devoir y aller, messieurs…

— Tu vas bien en prendre un dernier, l'étranger, c'est moi qui rince !

J'étais bel et bien prisonnier. Ces deux types voulaient ma mort et la torture s'annonçait longue.

Le liquide rose pâle avait à peine coulé dans mon verre que déjà l'odeur virait à l'insulte.

— Porte un toast, l'touriste !

J'ai réfléchi deux secondes. J'ai levé mon verre et les deux types m'ont suivi. J'ai voulu baragouiner ce qui me passait par la tête, mais rien n'en est sorti. C'était le premier toast muet de l'histoire de la cuite.

Les tournées se sont enchaînées contre mon gré. J'ai appris qu'ils s'appelaient Roger et Fernand. Étrangement, plus les verres défilaient et plus le rosé se laissait apprivoiser. Le liquide qui m'avait mordu le gosier il y avait une heure se mettait désormais à me le lécher.

Je ne me souviens plus comment j'ai regagné la maison. Je sais simplement qu'il faisait nuit et que les étoiles étaient beaucoup trop nombreuses pour un seul type dans mon état.

Je me suis couché puis relevé *illico* pour vomir. Enfin je me suis recouché pour de bon, tel un hélicoptère dont le réservoir aurait pris feu.

Vers 3 heures du matin, la sonnerie de l'entrée m'a tiré d'un songe médiocre. J'ai filé, hagard, ouvrir à cette visite nocturne.

Un homme et une femme étaient tout sourires derrière la porte. L'homme s'est lancé dans les présentations.

— Bonsoir monsieur, Robert Parkins et ma collaboratrice Olivia Rivola. Nous ne vous avons pas réveillé au moins ?

— Il est 3 heures du matin…

— Oui, nous nous excusons de vous déranger, auriez-vous quelques minutes à nous accorder ?

De minuscules relents de rosé ont pris mon tube digestif pour l'Everest et ont commencé à l'escalader.

— Allez-y, je vous en prie…

— Nous faisons du porte-à-porte pour présenter la toute nouvelle encyclopédie *Fourre-tout* ! Avez-vous déjà entendu parler de la nouvelle encyclopédie *Fourre-tout* ?

Quelques relents de rosé ont chuté, en entraînant d'autres avec eux au fond de mon estomac. Puis les survivants ont repris l'ascension de plus belle.

— Euh, non… Jamais…

Il a regardé la femme qui a souri et poursuivi la présentation.

— *Fourre-tout*, comme son nom l'indique, est une encyclopédie qui aborde des sujets divers et variés, allant de la culture générale au sport, en passant par le cinéma, le jardinage, le bricolage, la santé, le secourisme, et *tutti quanti*, le tout concentré dans 1 589 pages, pour un poids, attention, tenez-vous bien, de 5,64 kg !

La femme a bien vu que je n'en avais rien à cirer alors elle a laissé le type terminer son plaidoyer.

— Des exemples de questions qui trouvent leur réponse à l'intérieur ?

Il n'a pas attendu mon aval.

— Les francs-maçons sont-ils plutôt sucrés ou salés ? Vaut-il mieux mourir de froid ou mourir de chaud ? Qui est le plus rapide, un colibri mouillé ou un moineau bien sec ? Alors, vous en pensez quoi ?

— Je ne suis pas intéressé, désolé. J'ai moi aussi une question. Pourquoi vous sonnez chez les gens à 3 heures du matin ?

— Pour être sûrs qu'ils sont chez eux. C'est une méthode américaine. À cette heure-là on nous ouvre plus de portes qu'en pleine journée.

— Si vous le dites…

— Monsieur, et si je vous annonçais que cette encyclopédie pourrait bien vous changer la vie ?

— Et si je vous répondais que ça m'étonnerait beaucoup ?

— Et si je vous faisais cinquante pour cent sur votre exemplaire parce qu'il est tard et que nous sommes tous au bout du rouleau ?

— Et si j'acceptais ?

— Tenez, signez ici. Chèque ou espèces ? Nous ne prenons pas la carte bancaire.

J'ai payé pour qu'ils me fichent la paix, je les ai remerciés et j'ai refermé la porte avec mes 5 kg et quelques sous le bras.

Tous les alpinistes de tube digestif avaient abandonné sauf un. Je me suis recouché et il a dû remporter son défi sans trop de problème maintenant que l'Everest était à l'horizontal.

J'ai émergé vers midi, avec une gueule de bois massive de plusieurs kilomètres de long. Un marathon de la cuite. De celles qui vous asticotent le crâne et font mentir vos yeux.

Je me suis levé et j'ai vu l'encyclopédie sur la table de la cuisine. Je l'ai ouverte et feuilletée pour y trouver le glossaire. J'ai cherché le mot « *Gueule de bois* » qui me renvoyait à la page 4759, et je m'y suis rendu difficilement, en rampant avec mes yeux.

« *Que faire quand on a une gueule de bois ? Il n'y a pas grand-chose à faire, évitez de boire de l'alcool pendant un ou deux jours, le temps que celle-ci se dissipe. En un mot* RE-PO-SEZ-VOUS ! »

Voilà qui commençait bien. L'encyclopédie qui était censée me changer la vie ne pouvait rien contre cette ridicule gueule de bois.

J'ai décidé de m'activer un peu, pour brûler les toxines. Aujourd'hui, le jardin me semblait immense et chacun de mes pas plus lourd. J'avais la sensation de jardiner dans l'espace, livré à moi-même au milieu d'une galaxie oubliée. Un petit vent frais me ramenait régulièrement sur terre. Plus l'après-midi avançait et plus le lopin de terre prenait de l'allure. Femme au réveil il y avait encore quelques heures, il venait de surligner ses yeux et d'enfiler sa robe de soirée. Je n'étais pas peu fier de l'effort accompli, d'autant que mon état ne rendait pas la chose aisée.

La nuit s'est glissée sur la terre et la faim dans mon ventre. C'était la fin d'une journée étrange et délicieuse. Une journée de petites souffrances et de modiques réparations. À combler la terre et à se remettre les idées en place. À prendre conscience que la fatigue n'était finalement qu'une récompense du courage. La sueur de l'essence de rêve. Une journée de plus à tomber sous le charme de l'île et par le labeur lui conter fleurette.

Nestor réclamait une balade et le soleil appuyait sa requête ; nous sommes sortis et avons emprunté un petit sentier derrière la maison. Il m'était jusqu'alors inconnu. Un mince filet de terre escarpé qui rejoignait la plage à travers les dunes.

J'y ai surpris une scène délirante que j'ai d'abord prise pour un mirage. Entre deux dunes, une fille était attachée à une roue, mains et jambes écartées (une sorte de Jésus-Christ en plus souple). La roue tournait et en face d'elle un homme grommelait des mots que le vent chapardait avant que je puisse les entendre.

Je me suis rapproché prudemment et bientôt j'ai reconnu un lanceur de couteaux et son assistante.

— Bonjour, j'ai dit, beau temps, n'est-ce pas ?

C'est le type qui a parlé, la fille était toujours en train de tourner comme si de rien n'était.

— Vous parlez d'un temps ! il a dit énervé. Il y a un vent à décorner les buffles et je ne peux rien faire de mes couteaux !

J'ai regardé ses mains qui tenaient deux couteaux. Je les ai trouvés bizarres. Ils ressemblaient à deux éponges prêtes à faire la vaisselle.

— Ils sont bizarres, vos couteaux, j'ai ajouté.

— Ils sont en mousse, cher monsieur. Voilà pourquoi le vent ne m'est pas d'une grande aide aujourd'hui.

— En mousse ?

— Oui, vous avez bien entendu, en mousse. C'est la seule façon que j'ai trouvée de convaincre ma femme…

Il l'a regardée qui tournait encore et encore, comme si elle cherchait à hypnotiser les nuages.

— Elle a raison, j'ai répondu pour ne pas faire d'histoires, au moins elle est sûre de rentrer vivante.

— Oui, mais quand il y a du vent, c'est l'enfer ! Vous devriez plutôt venir nous voir ce soir, pour mieux apprécier notre numéro. Nous sommes en représentation sur la place du village, avec le cirque Prudence. C'est un cirque animé par d'anciens membres des alcooliques anonymes, qui veillent à ce qu'il n'y ait aucun blessé.

— Je comprends mieux pour les couteaux en mousse…

— Oui, ma femme en a reçu deux en acier dans la cuisse autrefois, du temps où, disons, je n'étais pas ce qu'il y avait de plus sobre. Depuis qu'on a rejoint le cirque Prudence, la vie est moins risquée. Bon, vous passerez ce soir ?

— Avec plaisir, hâte de voir votre tour, le vent en moins.

Comme la fille ne tournait presque plus, le type a redonné un grand coup de main sur la roue et les nuages se sont remis à ne voir plus qu'elle.

Tandis que je remontais le sentier, suivant des yeux Nestor dont le museau jonglait avec une abeille entre les fleurs sauvages, le ciel s'est couvert méchamment. À peine ai-je senti la première goutte taquiner ma peau que ses milliards de sœurs jumelles nous ont fondu dessus.

J'ai pressé le pas et Nestor s'est mis à courir si vite qu'on aurait juré qu'il avait quatre pattes. Nous sommes arrivés à la maison en deux temps trois mouvements, trempés jusqu'à l'os, tels deux rescapés que le soleil s'était mis à chercher à travers une mer de nuages noirs.

J'ai étendu mes vêtements pour qu'ils sèchent, puis fait couler un bain. Dehors la pluie s'acharnait sur l'été et c'était un doux et agréable concert de baignoire. J'ai allumé une cigarette et savouré ce moment. La salle de bains n'était pourvue que d'un petit hublot qui s'ouvrait sur le ciel. C'était un trou de serrure pour les rêveurs qui ont décidé de prendre un bain. Parfois un éclair transperçait l'averse, illuminant la pièce pour donner à la fumée de cigarette un air de crépuscule doré.

Subitement, tout s'est arrêté et le soleil a pris la place du hublot. La salle de bains n'était plus que lumière et réalité. Je me suis senti bien. Terriblement bien. Un instant rare. De ceux qui viennent en douce vous délivrer un message d'amour et repartent sans rien dire.

Il s'est passé ensuite quelque chose d'étrange. De l'ordre d'un coup de poignard dans le dos de l'été. Le temps que je me prépare pour filer au cirque, la neige avait d'un coup supplanté l'orage. Dehors le sol devenait blanc et de gros flocons tombaient, s'amusant à colmater méthodiquement les trous.

J'ai frissonné. D'abord, parce que le tee-shirt que je venais d'enfiler était devenu inapproprié, ensuite parce que c'était la première fois que je contemplais une neige d'été. Bientôt, la plage a ressemblé à un énorme pot de lait renversé au pied de la mer. De la fenêtre du vestibule, j'ai scruté au-dehors pour chercher l'étonnement chez les autres habitants. Des types étaient déjà en train de saler à la pelle l'entrée de leur garage. Comme si tout était normal. Comme si après l'orage ce n'était pas forcément le beau temps qui venait. Une vieille femme longeait le trottoir emmitouflée dans un anorak en fourrure. Ses yeux qu'on distinguait tout juste n'avaient rien d'étonnés. Elle avait plutôt l'air furax. Ses yeux disaient « *ras le bol de cette neige* », ou quelque chose comme ça. Tout ce qu'il y avait de plus normal.

Je me suis habillé chaudement, rassuré de constater que tout cela ne semblait affoler personne. Quand je suis sorti, le soleil avait fini par l'emporter et déjà ses rayons léchaient les étendues blanches pour les changer en gruyère.

La vie avait repris son cours. La chute de neige avait été aussi rapide qu'un songe, aussi mystérieuse que l'île qui lui avait servi de contenant. À peine avais-je parcouru quelques mètres en direction de la place du village que déjà mon manteau était de trop. Parce que cette parenthèse glaciale était déjà partie très loin rejoindre un autre hiver passé ou futur. Le long de la route trois gamins finalisaient un bon-homme de neige avec les restes de poudre blanche. Ils m'ont souri, et leurs dents immaculées avaient la couleur d'un frisson perdu au cœur de l'été.

Le chapiteau avait été installé au milieu de la place. Une foule incongrue attendait tout autour que l'on ouvre les festivités. Cela faisait penser à une file d'attente qui se serait trompée d'endroit. Qui au départ aurait voulu se poser devant un cinéma puis se serait retrouvée devant la dernière caisse ouverte d'un petit supermarché de campagne. La température était d'un coup remontée et parkas et manteaux avaient trouvé refuge sous des bras ou sur des épaules. C'était une fameuse soirée d'été dont les plus jeunes étaient en train de s'amouracher.

Je me suis mis en bout de file, derrière des cris d'enfants et les yeux pétillants de leurs parents. Il y avait de la joie et des trépignements à revendre. Mais personne ne souhaitait en acheter parce que chacun en avait déjà bien assez pour lui.

J'ai aperçu Roger et Fernand sortir du bar et j'ai tourné un peu la tête pour ne pas qu'ils me reconnaissent. C'était un coup à voir des clowns et des éléphants plus tôt que prévu. Ils ont finalement titubé en direction de la plage, solitudes et ombres main dans la main.

Une fanfare a commencé à jouer et deux hommes trapus ont ouvert la grande porte en tissu du chapiteau. La longue file des spectateurs dont je faisais partie s'y est engouffrée. Sur la piste, plusieurs musiciens poursuivaient le morceau et l'on pouvait apercevoir dans les coulisses hommes et femmes s'affairer.

Je me suis assis dans une rangée du milieu. Je faisais la même chose autrefois à l'école. À mi-chemin entre les cancres et les intellos. C'était le meilleur endroit. Une zone neutre dont se souciaient rarement les professeurs, trop occupés à surveiller le fond de la classe et à complimenter la première ligne. C'était la place rêvée pour qui veut tout voir sans être vu.

Le vacarme des instruments mêlé à celui des cris d'enfants contrastait avec la lumière tamisée et lorsque deux clowns sont apparus sur la piste, le silence a tout avalé d'un seul coup. Les deux clowns étaient vêtus d'une armure de chevalier, avec heaume et cotte de mailles, cuirasse, jambières et genouillères, si bien qu'on distinguait tout juste leurs nez rouges et leur maquillage.

J'ai repensé à ce que m'avait dit le lanceur de couteaux en mousse : « C'est un cirque animé par d'anciens alcooliques anonymes, qui veillent à ce qu'il n'y ait aucun blessé. » Les clowns, protégés jusqu'au dernier cheveu, étaient ainsi prêts à toutes les cascades. Et voilà qu'engoncés dans leurs combinaisons d'un autre temps ils se sont mis à se pousser et tomber, ici et là, leurs armures de métal s'entrechoquant et réveillant aussitôt le rire jusque-là retenu par la foule.

J'étais impatient de voir débarquer le lanceur de couteaux, curiosité et plaisir pelotonnés sous mille gloussements d'enfants.

Puis se sont succédé un jongleur à deux balles, un dresseur de lions muselés, les deux mêmes clowns dans leurs deux mêmes combinaisons (pour quelques nouvelles cascades métalliques de plus), un funambule perché à moins d'un mètre du sol, un fakir lui aussi pourvu de métal de la tête aux pieds...

Et une heure s'est écoulée sans la moindre trace d'un lanceur de couteaux en mousse.

Après le final, j'ai attendu que la foule se disperse, puis je me suis faufilé en coulisses à la recherche d'une explication. Je l'ai rapidement aperçu assis sur un bidon. Soûl comme une barrique. Le lanceur de couteaux avait replongé et c'en était terminé pour lui de son numéro et des lèvres de sa douce. Un des deux clowns essayait de le raisonner, et sa voix qui devait se frayer un chemin à travers le heaume ne semblait avoir que trop peu de portée.

— Il faut que tu te reprennes, Maurice !

— J'ai fait le con (hips), c'est foutuuuuu (hips)...

— Rien n'est foutu, Maurice !

— Si, j'ai tout gâché (hips), Henriette s'est barrée (hips), fais chier, putain (hips) !

— …

— (hips !)

— …

Il a relevé la tête et m'a reconnu.

— Ah ben z'êtes là, vous ! (hips) Z'êtes pas venu au bon moment (hips), je suis rincé (hips).

J'ai pris un air sérieux. Le plus sérieux qu'il soit possible de prendre en présence d'un clown.

— C'est pas grave Maurice, lâchez cette bouteille, il n'est pas trop tard pour bien faire.

— Je ne lâcherai pas cette bouteille ! (hips). Vous entendez ! (hips).

— Doucement Maurice, je suis de votre côté, faites-moi confiance, donnez-moi cette bouteille, doucement, voilà…

Nous étions soudain au fin fond de l'Amérique à essayer d'en découdre avec un ravisseur. J'étais le flic, Maurice le type qui s'apprêtait à commettre l'irréparable, et le clown un de ses amis qui avait été le premier à alerter les autorités.

— Voilà Maurice, tout doux…

— (hips)

J'ai attrapé la bouteille et la lui ai arrachée des mains. La tension est retombée. Le ciel américain s'est dégagé et les visages se sont apaisés. L'inévitable venait d'être évité. Tout était rentré dans l'ordre, la bouteille était entre de bonnes mains. J'ai dit au clown de bien prendre soin de son ami. Que c'était bon pour cette fois-ci, mais qu'il n'y aurait pas de seconde chance. Une boule de paille a traversé la rue et j'ai quitté les lieux, la bouteille encore fumante à la main.

Je suis allé rendre le bouquin à la bibliothèque.

— Alors, m'a fait l'employée, combien de larmes ?

Elle a souri largement. Ses dents étaient moqueuses et affamées de réponses.

— Quelques-unes, je dois vous l'avouer. Je ne pensais pourtant pas me laisser embarquer, mais les dernières pages ont inévitablement eu raison de moi... Vous n'auriez rien d'un peu plus gai par hasard ?

— Quelque chose de plus gai ? Voyons... Tout est un peu triste ici... J'ai ça par exemple, qui est quand même un poil plus engageant. Tenez, c'est l'histoire d'un chat qui se fait écraser par une voiture et de son maître qui ne s'en remet jamais vraiment...

Elle a vu que j'étais un peu sceptique.

— Sinon, il y a celui-ci (sur la couverture, un type allongé près d'une bouteille dormait au pied d'un mur) : il parle d'un type alcoolique qui est persuadé qu'il n'existe pas. Enfin, c'est difficile de résumer le livre à ça, il faut vraiment le lire pour se faire sa propre idée.

J'ai pensé que la première proposition était moins risquée que la deuxième alors j'ai finalement pris le livre sur le chat écrasé. La couverture ne se voulait pas très originale. L'illustration représentait un chat sous un pneu de voiture et le titre du livre était écrit en noir et en lettres capitales sur un fond tache de sang : *DEPUIS QUE LA LITIÈRE EST VIDE.*

L'employée a glissé le bouquin dans un sac sans oublier d'ajouter le Kleenex.

Sur le sac était écrit en rose : « Faites le plein d'émotions ! »

Elle m'a dit « bonne journée » comme on dit « toutes mes condoléances » et je l'ai laissée à ses tristes occupations.

J'ai décidé de m'occuper un peu du jardin. Parce que j'avais été négligent depuis quelques jours, que des mauvaises herbes et des ronces recommençaient à prendre le dessus et qu'il ressemblait à un bout de terre abandonné aux forces du mal.

Quelques minutes après m'être mis à l'ouvrage, j'ai entendu des types remonter la rue. Ils faisaient le bruit d'une vingtaine de personnes, mais bientôt j'ai vu qu'ils n'étaient que trois. Roger et Fernand, que j'avais rencontrés au bar et Maurice, le lanceur de couteaux en mousse. Il avait replongé pour de bon. Ils sont passés juste à côté du jardin et je n'ai pas pu les éviter. Ils ont commencé à parler tous les trois en même temps, puis voyant que c'était incompréhensible, ils se sont arrêtés et Roger a repris seul :

— Dis, l'étranger, ça te dirait une petite balade cette nuit ?

— Cette nuit ?

— Oui, c'est une balade qu'est impossible la journée, faut faire ça de nuit…

Il a manqué trébucher puis s'est rattrapé à l'épaule droite de Fernand, qui a dû à son tour poser sa main sur celle du lanceur de couteaux pour ne pas se vautrer. Ils étaient trois dominos qui venaient de foirer leur tour.

— Et ça consiste en quoi, votre balade ?

Ils se sont regardés pour voir qui allait répondre et c'est finalement le lanceur de couteaux qui s'est lancé :

— On va ramasser des étoiles filantes sur une petite île sauvage, d'ici au large à une heure de bateau.

J'ai eu du mal à accorder du crédit à sa bafouille. Peut-être était-ce la bouteille entamée entre ses mains. Ou bien l'haleine qui prenait chacun de ses mots par la main pour l'accompagner jusqu'à mes narines. Fernand a renchéri :

— On te jure que c'est vrai, l'étranger. Tu en es ou tu en es pas, mais faut que tu te décides. Et motus et bouche cousue, parce que y a pas grand monde qu'est au courant de ce truc ici.

Ça ressemblait à une belle connerie, mais le résumé de la balade était prometteur, alors j'ai accepté.

— Rendez-vous à une heure du matin sur le quai d'embarcation. C'est Snoopy qui nous emmène.

— Qui c'est, Snoopy ?

— Le gars qui pilote la navette à touristes.

Subitement les paroles du maire me sont revenues et j'ai fait le rapprochement. Celui qui confond « *le boulot avec sa bouteille et la brume avec son oreiller* ». J'ai perdu le peu de confiance qu'il me restait envers l'équipe que nous venions de former.

— OK, une heure du matin, c'est parfait, j'y serai. Il faut que j'amène quelque chose en particulier ?

— Couvre-toi bien, l'étranger, m'a répondu Fernand, apporte un sac qui ne craint pas la chaleur pour mettre les étoiles que tu trouveras, et une petite bouteille de tord-boyaux à l'occasion, ça aide à rester éveillé et Snoopy aime bien boire un p'tit coup quand on l'oblige à bosser de nuit.

J'ai souri mais mon cerveau a pleuré. Au fond de moi, j'ai prié la sainte Marie des marins alcooliques et des lanceurs de couteaux ratés pour que cette balade en mer ne soit pas la dernière.

Le long de la falaise était un désert noir dans lequel je dissimulais mon excitation avec prudence. Il était une heure moins dix et seul le bruit des vagues me guidait. Je n'avais pas de temps à perdre car les trois compères m'avaient bien précisé qu'ils n'accepteraient aucun retard. Mon poing serrait un sac en toile de jute qui, j'espérais, pourrait accueillir quelques étoiles brûlantes à l'occasion.

Je suis passé à l'endroit où le gamin aveugle avait l'habitude de venir manquer les retrouvailles avec son père. Il devait dormir à cette heure-ci mais le lieu dégageait quelque chose d'étrange. Une espèce de chaleur sentimentale congelée.

Quand je suis arrivé sur le quai, ils étaient déjà tous là.

— Te voilà enfin, l'étranger !

Snoopy tenait à peine sur ses jambes et m'a salué d'un petit rot.

Les trois autres semblaient excités et joyeux, trois petits hommes rebelles parés à affronter la nuit.

— On n'attendait plus que toi, on va pouvoir y aller, m'a dit Roger.

Nous avons embarqué et Snoopy a mis le moteur en route. C'était le bateau dont il se servait la journée pour faire la navette. Ce bateau avait dû en voir. Pas besoin de s'y connaître en navigation pour se rendre compte que le moteur ne tournait pas rond. Il avait la respiration d'un homme ivre qui s'est endormi sur le canapé du salon pour ne pas réveiller sa femme.

Petit à petit et avec peine, le rafiot a quitté la côte, aspiré par une nuit pauvre d'étoiles. En regardant le ciel à peine illuminé, il était difficile de croire que nous n'allions pas rentrer bredouilles. Snoopy était dans la cabine, bouteille à la main, équilibre douteux, et nous tous les quatre sur le pont à observer le bateau fendre l'eau. De temps en temps, le lanceur de couteaux nous tendait un verre, et déjà mes sens s'altéraient. Ma vision se troublait, faisant apparaître une forme d'espoir et d'impatience au fond de mes rétines.

Je sentais bien que l'excitation qui doucement me submergeait était la même que celle qui rendait muets mes compagnons. Nous partagions le silence avec une nuit opaque, que nous questionnions du regard et qui ne nous répondait pas.

Le moteur faisait un boucan de tous les diables et donnait sans cesse l'impression qu'il allait nous laisser terminer la traversée à la rame. Bientôt, un bout de récif est apparu à quelques centaines de mètres et j'ai vu leurs sourires faire des bonds sur leurs visages.

— Nous arrivons ! a lancé Fernand.

— Ouais ! a dit Roger.

— On dirait bien, j'ai conclu.

Snoopy s'est retourné et son sourire était immense. Si sa tête avait été la Terre on aurait juré que sa bouche venait de boucler un tour du monde.

Le moteur a toussoté un peu, Snoopy a ralenti la cadence, puis quelques minutes ont passé et nous n'avons plus rien entendu que le vent fouettant nos impers.

Nous avons mis pied à terre, tels cinq Armstrong dont la performance n'intéresserait personne.

L'île était sombre ; aucune étoile à l'horizon.

— T'inquiète pas l'étranger, tu vas bientôt les voir, a gloussé Roger.

Nous avons commencé à gravir le versant d'une petite colline. Le sol était glissant et on entendait régulièrement une semelle déraper avant de se rattraper à un caillou. La végétation était dense, ajoutant probablement à nos ombres perdues dans la nuit celles de dizaines de résineux hauts et touffus.

Nous évoluions en file indienne, et la chenille que nous formions était parfaitement adaptée au sentier longiligne. Le cri d'un animal, dont on ne pouvait deviner s'il appartenait à un oiseau ou à un chien en phase terminale d'une sale maladie, a retenti au-dessus des arbres.

— N'aie pas peur l'étranger, c'est un écureuil à tête chercheuse…

Je n'en ai pas demandé plus, me contentant d'imaginer la tête chercheuse dont pouvait être affublé cet

69

écureuil. Sûrement un mix entre un oiseau et un chien en phase terminale d'une sale maladie.

Parfois un frisson remontait le long de mon dos et titillait ma nuque. Il y restait un peu puis la brise devait l'envoyer en mission sur un autre cou.

Une demi-heure de marche plus tard, nous avons débouché sur une clairière. Elle était bordée d'arbres et on en distinguait assez bien le périmètre. Tout le monde s'est tu et nous n'avons plus bougé. Puis, j'ai vu quelque chose crépiter en son centre.

— En v'la une ! a crié Fernand.

Nous nous sommes mis à courir vers le morceau d'herbe incandescent et avons formé un cercle autour. Sous nos yeux, une étoile filante était en train de s'éteindre, carbonisant autour d'elle brindilles et mauvaises herbes sèches. Je n'en croyais pas mes yeux, qui faisaient pourtant tout ce qu'ils pouvaient pour me convaincre que ce que je voyais était bien réel.

— Encore quelques minutes et on pourra la ramasser, a dit Roger. Il faut qu'elle refroidisse, a-t-il ajouté en me regardant. C'est que ça brûle, ces conneries !

Elle s'est éteinte complètement puis la grosse main gantée de Snoopy s'est refermée dessus. Un peu de fumée s'en est échappée. Il l'a fait rouler un peu dans sa main pour l'aider à refroidir, et à ensuite ouvert largement sa paume. L'étoile avait maintenant l'air d'un caillou qui aurait pété plus haut que son cul. Une très légère lueur se débattait encore en son cœur. J'ai relevé la tête, la clairière scintillait de part en part.

Éparpillés aux quatre coins, nous nous sommes mis à ramasser les étoiles mourantes. Il fallait faire attention car certaines d'entre elles s'écrasaient à quelques mètres seulement de nos têtes et recevoir ça sur l'occiput était fortement déconseillé. Il suffisait de lever un peu le nez de temps à autre pour appréhender leur chute et en déduire un point d'atterrissage.

La première que j'ai agrippée était brûlante. J'ai dû la relâcher plusieurs fois avant de pouvoir admirer son rougeoiement dans ma paume. Le pré était illuminé de long en large et se reflétait sur nos sourires. C'était plus simple que de ramasser des champignons, et bientôt nos besaces ont pesé plus lourd qu'un troupeau d'ânes morts. Lorsque je jetais un coup d'œil dans la mienne pour apprécier la récolte, certaines scintillaient encore un peu.

Puis subitement, tout s'est calmé. Le pré est retombé dans l'obscurité comme si de rien n'était.

Nous avons comparé nos sacs qui étaient tous très bien pourvus. Pour nous remettre de nos émotions, Snoopy a fait tourner la bouteille, et nous l'avons vidée sans un mot. Étrange expérience. Je ne savais pas à quoi je pouvais bien la comparer. Peut-être à la première fois, l'année de mes vingt ans, que je m'étais envoyé une femme de quarante-cinq ans. C'était la symbiose entre un bon moment et un autre qui met plus mal à l'aise. L'impression d'avoir volé quelque chose dans un magasin et le vendeur qui nous jette subitement des regards accusateurs. Alors, au milieu de la clairière, j'essayais d'être le plus discret possible, pour pouvoir quitter les lieux libéré de la culpabilité d'avoir pris quelque chose qui ne m'appartenait pas. Parce que nous venions de dérober quelques fruits tombés du ciel. Le reflet de leur sève lumineuse sur nos visages trahissait à présent l'acte prohibé.

Je sentais ce même malaise gagner mes compagnons. Mais le bonheur d'avoir les sacs remplis d'étoiles filantes aidait à relativiser. Cette expérience ressemblait à ce que j'éprouvais depuis mon arrivée sur l'île. Un bien-être doublé d'une gêne indescriptible. Le sentiment de ne pas être à ma place mais de manière très confortable. C'était aussi difficile à expliquer qu'à vivre.

Nous avons repris le sentier en direction du bateau. Les muscles de mes jambes étaient ankylosés et le poids du sac écrasait mes reins. Il devait être aux alentours de 5 heures du matin. Juste le temps de rentrer, de se glisser sous les draps et de mourir de sommeil.

J'ai demandé ce que nous allions faire de toutes ces étoiles. D'abord personne n'a répondu. Puis Roger s'est retourné :

— Tu les gardes pour toi et t'en parles à personne. Si on en parlait, les gens nous prendraient pour des tarés, ensuite la clairière deviendrait la nouvelle destination à la mode pour les touristes de passage.

Je n'étais donc plus un simple touriste de passage. J'étais désormais riche de ce nouveau secret qui venait de me sacrer cleptomane céleste.

Quand je me suis levé, le sac était au pied de mon lit. Je l'ai ouvert et j'ai pris dans mes mains une poignée d'étoiles mortes. Elles ne ressemblaient plus à grand-chose. Roger avait raison : qui voudrait croire à une histoire pareille ? Qui pourrait gober que ces dizaines de pierres difformes et hideuses venaient de tout là-haut et qu'elles avaient jadis servi à rendre les nuits moins tristes ? Je me suis demandé combien d'entre elles avaient servi à faire un vœu. Combien de destins je venais de briser, emprisonnant la clé de leur réussite dans un sac que je n'aurais le droit de montrer à personne.

Je suis sorti fumer une cigarette ; le môme aveugle était déjà à son poste. Il était tôt et sa présence était due soit aux vacances scolaires soit à l'école buissonnière. J'ai marché vers lui, le plus silencieusement du monde. Je me suis approché assez près pour entendre ses « *papa ?* » faire du rodéo sur les bourrasques de vent. Je me suis assis sans un bruit et l'ai contemplé longuement. Une petite boule s'est formée dans ma gorge. Il s'en est fallu de peu pour que je lui fasse croire que j'étais le père retrouvé. Que je mette enfin un terme à la situation et que je lui dise « *Je suis ton père.* » La vérité est que je n'ai pas pu ouvrir la bouche.

Sa tristesse m'a fait penser à la dernière des poupées russes, enfermée dans ce petit corps d'enfant aveugle, lui-même prisonnier du matin brumeux.

Je suis tombé malade. À vomir mes tripes. Après-midi sous les draps, mirettes et volets clos. En fin de matinée, j'avais avalé cinq cents grammes de palourdes achetées au marché et terminé le bouquin sur le chat écrasé. Je ne sais pas lequel des deux a été l'élément déclencheur. Les palourdes étaient loin d'être exceptionnelles, et le bouquin était triste à se pendre avec toute sa famille un jour de Toussaint.

J'ai fait la navette tout l'après-midi durant entre mon lit et les cabinets. Cette histoire était pire que la première. Plusieurs chapitres décrivaient l'agonie du chat partiellement aplati sous le pneu. C'était insupportable. S'il existait un prix Goncourt en enfer, l'auteur de *Depuis que la litière est vide* avait toutes les chances de l'emporter.

Vers 17 heures, j'ai senti que les choses se remettaient doucement en place. Une petite soirée de diète suffirait. J'ai filé au jardin ramasser quelques légumes pour préparer un potage. L'encyclopédie n'en touchait mot mais c'était la clé d'une remise sur pied rapide en pareille situation. Je n'ai rien avalé d'autre puis je me suis couché très tôt. Le soleil était à peine tombé et je me suis endormi dans sa chute.

Un après-midi, Fernand et Roger sont passés à la maison. Étrangement, ils ne m'ont pas semblé plus ivres que ça. Disons qu'ils étaient à moitié soûls. Qu'il aurait fallu mettre tout ce qu'ils avaient ingurgité à eux deux dans un seul homme pour obtenir quelqu'un de complètement bourré.

Ils avaient trouvé une mystérieuse carte sur la plage, alors qu'ils remuaient le sable avec leurs pieds en terminant une bouteille.

Fernand m'a tendu le papier et j'ai pu constater qu'il était très peu abîmé. Il ne devait pas y avoir très longtemps qu'il était enterré dans le sable et les chances pour que ce soit un véritable trésor de pirates étaient très minces.

Ils m'ont imploré de venir les aider à chercher le trésor. Malgré ma réticence, j'ai accepté. Je savais pertinemment qu'il ne fallait pas s'attendre à trouver autre chose que de la pacotille, mais j'avais envie d'entretenir les étincelles qu'ils avaient au fond des yeux. Parce qu'ils semblaient excités comme deux gosses qu'on a amenés à la fête foraine.

Nous nous sommes donc rendus tous les trois sur la plage, à l'endroit où les deux arsouilles avaient déniché le bout de papier.

J'ai essayé de tourner la carte dans tous les sens pour me repérer, et j'ai compris qu'une des croix rouges était l'endroit où je me trouvais, et l'autre l'emplacement du butin. J'ai dû sourire, imperceptiblement et sans le vouloir. Comme un chat.

J'ai visualisé un arbrisseau au bout de la plage, et fait brièvement le rapprochement avec le gribouillis vert sur la carte. J'étais presque déçu d'avoir trouvé si vite. Nous avons marché jusqu'à l'arbrisseau et le dessin disait d'effectuer dix pas vers la gauche. Nous avons suivi les conseils et fait dix pas dans la direction indiquée. Nous devions ressembler à des danseuses de ballet qui ne sont pas encore tout à fait au point.

Juste à nos pieds, le vent avait découvert l'épaule d'une petite boîte en bois.

Les pirates que nous étions devenus n'ont pas eu à creuser longtemps. Avant d'ouvrir la boîte, je l'ai observée sous toutes les coutures, pour faire durer le plaisir et le suspense. Fernand et Roger étaient aux anges. Leurs sourires mis côte à côte semblaient être capables de résoudre n'importe quel problème. La nuit faisait de plus en plus parler d'elle et le môme aveugle était maintenant rentré chez lui bredouille avec toute l'obscurité prisonnière de son corps.

J'ai fait glisser le petit clapet et le couvercle s'est ouvert sans résistance. Est apparu un collier de nouilles accompagné d'un petit mot : « *Voici le collier de nouilles que je t'avais promis.* »

Nous nous sommes regardés et leurs sourires s'étaient barrés sur une autre planète, remplacés au pied levé par une moue de déception et des joues tachées du rouge pastel de la gêne.

Ils m'ont dit : « *T'as qu'à le garder.* » Ils se sont excusés de m'avoir dérangé pour si peu, et ont filé *illico* vers le bar, avec le probable espoir qu'en s'en mettant assez dans le gosier cette maudite découverte ne deviendrait jamais un souvenir.

Je suis remonté vers la maison penaud, un collier de nouilles autour du cou.

Depuis mon arrivée, je n'avais pas prêté plus attention que ça à la maison voisine, jusque-là naturellement camouflée par d'autres reflets plus hypnotisants de l'île. Ses volets fermés m'avaient laissé indifférent et il a fallu que je surprenne les vitres en train de briller un matin pour m'apercevoir que quelque chose avait changé. Elle venait de reprendre vie, et dans la lumière laiteuse un vieillard assis sous le porche tirait de longues bouffées sur sa pipe en parcourant son journal. Il devait avoir dans les quatre-vingts ans, à quelques rides près, et je n'ai pas osé aller jusqu'à lui pour me présenter.

Je me suis dit que sa présence était une bonne nouvelle, aussi douce que de retrouver l'inspiration perdue dans les yeux de quelqu'un qui sort d'une trop longue nuit.

L'après-midi, j'ai filé sur la place centrale pour faire quelques emplettes. Au retour, le vieillard était toujours assis sous le porche. J'ai marché d'un pas insistant pour attirer son attention, mais il n'a pas levé le nez de son journal. Beaucoup d'hommes de son âge sont sourds ou presque, mais lui semblait plutôt être absorbé par ce qui se disait sur son bout de papier.

La nuit qui a suivi je me suis levé vers 2 heures du matin pour boire un verre d'eau. La lumière sous son porche était encore allumée. Il était à la même place, le journal en moins et la fumée de sa pipe flirtant un peu plus haut avec les moustiques. Il ne dormait pas, et ses yeux regardaient très loin en direction de la côte.

J'ai éteint la lumière de la cuisine pour pouvoir l'observer sans me faire démasquer. Il avait dans le regard quelque chose d'un chasseur repenti. Une lueur un peu à la ramasse qui aurait bien aimé retrouver son chemin mais qui ne s'offusquerait pas si elle devait l'avoir perdu pour le restant de ses jours.

Je l'ai étudié ainsi une dizaine de minutes. Il ne bougeait pratiquement pas, trop occupé à dévisager l'immense nuit opaque qui veillait sur Sainte-Pélagie.

J'ai mal dormi cette nuit-là. L'image récurrente du vieillard dans ma tête m'empêchait de goûter au sommeil. Dans un de mes rêves, je me mirais dans un œil profond et ridé, et me rendais compte que j'étais ce vieillard assis sous le porche. Mes habits étaient couverts de sang. J'allumais une pipe et m'enfonçais dans la nuit, du sang plein les mains, plein les vêtements. Alors la nuit me recouvrait jusqu'à me contenir entièrement, prête à me digérer.

Au petit matin, j'ai sorti le chien et le vieillard était toujours à la même place. Je me suis demandé s'il avait dormi. S'il était mort. Si c'était un mannequin installé là, sous le porche, pour faire causer ses voisins. S'il avait remarqué mon existence. S'il comptait rester longtemps à cette place-là, dans cette position-là, la pipe fumante et les yeux partis galoper.

J'ai longé la côte avec Nestor. Il faisait gris et froid, un temps qui s'appliquait à sculpter le moral avec les dents. J'ai aperçu Snoopy au milieu de la mer, et la petite fumée de son bateau se faire aspirer par la brume. J'ai fait un grand geste pour le saluer mais je ne pense pas qu'il m'ait vu.

L'image du vieillard occupait encore toutes mes pensées. Je suis passé près de l'endroit où le môme aveugle avait ses habitudes et j'ai remarqué que l'herbe était jaunie. À force de s'asseoir, le gamin avait laissé son empreinte.

Le petit matin me prenait au creux de sa main et j'avais le blues. Cela faisait deux semaines que j'étais ici et ça correspondait à la moitié de mon séjour. Si les débuts et les fins sont radicaux et ne laissent jamais indifférents, la moitié du chemin est l'endroit idéal pour un petit spleen sans consistance. Il y avait autant de choses devant que derrière. C'était comme se laisser porter par un animal indécis, bien calé au milieu de son dos, solidement arrimé à son pelage rêche et vouloir que ça dure éternellement.

Je suis rentré de ma balade couvert de frissons et la goutte au nez. Le vieillard a relevé la tête dans ma direction et j'ai sauté sur l'occasion.

— Pas chaud ce matin… j'ai lancé, assez fort pour que ma voix arrive jusque sous son porche.

Il a souri.

— Comme vous dites ! J'allais rentrer.

— Une question, j'ai dit l'air de rien, vous avez dormi cette nuit ?

Il a souri de nouveau.

— Pas beaucoup, non. C'est l'âge vous savez, on dort de moins en moins…

— Je vous offre un café ?

— C'est gentil mais je vais aller me reposer un peu, et c'est à moi d'inviter, s'est-il amusé. Passez donc en fin d'après-midi, disons vers 5 heures.

J'ai acquiescé puis je l'ai laissé rentrer au chaud.

J'ai profité de l'après-midi pour faire du ménage. J'ai dépoussiéré les nombreux meubles du rez-de-chaussée, changé les draps du lit, récuré les chiottes, puis vers 16 heures je me suis offert une petite pause au soleil pour faire couler une bière. Je commençais à prendre mes repères, à me sentir chez moi. J'aurais pu tout plaquer sur-le-champ et m'installer ici pour plusieurs décennies. Avec rien d'autre à faire que sortir le chien et veiller à ce que les ronces perdent la partie.

La dernière fois que je m'étais senti aussi bien, c'était il y a quelques années, alors que je venais d'embrasser une fille que j'avais invitée au cinéma voir un de ces films qui ne servent qu'à embrasser les filles qu'on a invitées au cinéma.

En terminant de ranger la maison, j'ai retrouvé un peu d'herbe derrière un bibelot. Elle n'avait pas l'air très fraîche, mais elle a fait l'affaire. La dernière fois que j'avais fumé de l'herbe, c'était il y a quelques années, avant d'aller au cinéma pour embrasser la fille dont je viens de parler. J'ai eu tout juste le temps de prendre une douche et l'heure de filer chez mon nouveau voisin est arrivée. L'herbe m'a aidé à sortir de chez moi et à frapper à sa porte.

Il faisait sombre chez lui. C'était un quartier général de l'obscurité où tout un tas d'ombres s'étaient réunies en cette fin d'après-midi pour faire une petite fiesta.

Il n'y avait pas grand-chose dans sa maison, mais il n'était là que depuis quelques jours et n'avait pas dû encore prendre le temps de s'installer convenablement.

Nous nous sommes assis dans le salon. Nous nous sommes présentés. J'ai aussitôt été attiré par la tête de biche qui ornait un des murs. Bob a jugé bon de s'expliquer.

— C'est un trophée de chasse, a-t-il dit. Je suis chasseur. D'ailleurs, le jour où j'ai abattu cet animal j'étais avec le défunt propriétaire de cette maison...

Il a pris un air grave, que j'ai essayé de calquer.

— Désolé...

— Ne vous excusez pas, mon ami est décédé il y a tout juste six mois. C'était un chouette type, solitaire, mais vraiment un chouette type. Le pauvre homme n'avait pas d'autre ami que moi, et guère plus de famille. Il m'a tout naturellement légué sa maison.

Il faisait tourner ses pouces en me racontant tout ça. Il avait toujours son air grave, que j'avais de plus en plus de mal à imiter.

— Et vous avez décidé de tout quitter pour venir vous installer ici ?

— En effet. Je suis venu très souvent par le passé, pour rendre visite à mon ami et passer du bon temps. J'aime beaucoup cette île, et ce n'est pas un hasard si mon ami m'a légué sa maison.

Ses pouces se sont arrêtés. Il a relevé la tête puis l'air grave qu'il portait sur son visage s'est envolé par la fenêtre entrouverte.

— Qu'est-ce que je vous sers, jeune homme ?

Il a demandé ça très fort et avec entrain, en tournant le dos aux aveux douloureux qu'il venait de me faire.

— Si vous avez du café, ce sera très bien.

Pendant qu'il filait vers la cuisine je me suis levé pour marcher un peu dans le salon. L'obscurité était à son apogée. Les ombres étaient en pleine fiesta, le silence ne semblait pas les empêcher de danser.

Bob est revenu avec un grand plateau, deux cafés et des petits gâteaux secs. Il avait l'air de savoir recevoir.

— Longtemps que vous habitez à côté ? m'a dit le vieux.

— Deux petites semaines seulement. Je suis là parce qu'un ami est parti en déplacement pendant un mois, alors je m'occupe de son jardin, de son chien…

— Cette île est l'endroit idéal pour se ressourcer. J'y suis venu par deux fois pour soigner une dépression et ça n'a jamais loupé, j'en suis reparti frais comme un gardon !

— Oui, il y a quelque chose ici qui donne envie de rester.

Il a englouti deux gâteaux d'un coup, donnant l'impression qu'il n'avait pas mangé depuis plusieurs jours.

Il m'a parlé de son ami disparu, de sa femme disparue elle aussi, d'autres connaissances qui n'étaient plus de ce monde, elles non plus. Tout ça n'était pas très gai, mais il semblait prendre la chose avec beaucoup de légèreté. Nous avons vidé nos tasses et grignoté encore quelques gâteaux.

Je suis resté une heure puis j'ai pris congé. Alors que je m'éloignais, il m'a interpellé.

— Quand revient donc votre ami exactement ?

— Dans deux semaines.

— Alors profitez bien du temps qu'il vous reste ici. Vous verrez, dans deux semaines vous ne voudrez plus partir !

J'ai été réveillé par le téléphone au milieu de la matinée. C'était Henry qui appelait pour prendre des nouvelles.

— Je n'ai pas le temps de te parler très longtemps, mais je voulais m'assurer que tout se passait bien.

— À merveille, je me sens ici comme un coq en pâte ! D'ailleurs, tu devrais revenir le plus tard possible, j'ai ajouté en m'esclaffant.

Henry paraissait assez fatigué, du moins sa voix trahissait quelques abus et faiblesses.

— Tout va bien pour toi ?

— Un peu crevé, a-t-il répondu, mais rien de grave, une bonne nuit et ça ira mieux demain. On meurt de chaud ici, et je commence à saturer de toutes ces réunions.

Je le savais là-bas pour raisons professionnelles, mais il ne m'avait donné aucune autre précision sur le but et le thème de son excursion.

— Et le jardin alors ? J'espère que ton poil dans la main n'a pas poussé plus vite que les tomates.

— Si tu revenais aujourd'hui, tu ne le reconnaîtrais plus. J'espère pouvoir le maintenir ainsi jusqu'à ton retour.

— Pour un type qui disait ne pas avoir la main verte, tu as l'air de t'en sortir plutôt bien. Et le chien, il a toujours ses trois pattes ? a-t-il ajouté en riant.

— Écoute pour le moment oui, il se porte bien. J'ai l'impression de l'avoir apprivoisé. Je ne dois pas être une si mauvaise bête que ça.

— J'espère surtout que tu prends soin de toi. Tu n'avais pas très bonne mine l'autre jour…

— Ouais, pas mal de soucis ces derniers temps. Mal dans ma peau. Je laisse tout à l'abandon et je ne vois plus grand monde. Rassure-toi, j'essaie de redresser la barre ici, et de ne pas faire subir à ta maison le même sort que j'ai réservé à mon appartement. Il y a trop de souvenirs, trop de solitude. Tu vois de quoi je veux parler…

— Tu sais ce qu'on dit, une de perdue dix de retrouvées. Tu veux un conseil, il faut vraiment que tu te bouges. Oublie cette fille, trouve un boulot et change de piaule.

— Ouais, je sais, faudrait que je quitte ce taudis. Je ne fais plus qu'y cogiter et y dormir. Je le fuis dès que possible, il me rend seul. Pas facile de tourner en rond dans un appartement carré…

Ma repartie l'a amusé.

— Bon écoute, je suis désolé mais je vais devoir te laisser, mon taxi arrive. Tu veux que je te dise, ne réfléchis pas trop, profite de ton séjour. Avec un peu de chance, le soleil de Sainte-Pélagie déteindra sur ton moral.

— OK, merci pour tout. Porte-toi bien, mon ami.

— C'est moi qui te remercie pour ton coup de main, je te revaudrai ça.

Ce bref coup de fil m'avait replongé dans la réalité. Me rappelant que je n'étais pas ici chez moi et que je devrais dans quelque temps rendre les clés au propriétaire. Rendre l'île et son soleil. J'aimais beaucoup Henry mais je commençais à éprouver une affection encore plus grande pour ce bout de terre. C'était plus qu'une amitié naissante à présent. C'était une amie ravissante dont on ne sait plus bien si on doit l'embrasser sur la joue ou sur la bouche.

Puisque le temps m'était compté, j'ai décidé d'en profiter allègrement. Depuis mon arrivée, je n'avais fait que dévisager la mer. L'observer se mouvoir, se froisser, et cela m'avait amplement suffi. Une forme de timidité probablement, de pudeur. Ou quelque respect exacerbé pour l'immensité. Ce jour-là, il m'a pourtant pris l'envie de la sonder, de la goûter. De voir ce qu'elle avait dans les tripes. J'ai enfilé un maillot de bain et je l'ai rejointe, optant pour une petite crique sauvage à quelques minutes de la maison. Sans surprise, elle m'y attendait.

J'ai d'abord posé un pied. Puis les deux. J'ai pris le temps, tout en gardant pleinement conscience que je ne pourrai m'éterniser. Je suis resté longtemps ainsi, les deux pieds dans l'eau, l'air de ne pas trop savoir comment faire ensuite. De ne pas savoir comment m'y prendre pour combiner nos deux masses sans que cela fasse trop de remous. Puis le va-et-vient de l'eau m'a attiré doucement. Une main que j'aurais attrapée mais qui glisserait et qu'il faudrait que je cramponne pour ne pas la lâcher. Bientôt l'eau m'est arrivée au nombril, diminuant sur-le-champ mon courage de moitié. Alors que j'en étais à grelotter en analysant misérablement la situation, le soleil s'est fait la malle derrière un nuage et une vague plus téméraire que les autres en a profité pour finir le boulot. J'ai barboté comme un chien perdu pendant quelques secondes. Plus très sûr de savoir nager, plus très serein à l'idée d'être aussi frêle au milieu d'aussi grand. C'était une sensation que je n'avais pas vécue depuis longtemps. Celle d'être un glaçon en train de fondre au milieu de nulle part. Le sable mou s'enfonçait sous mes pieds et tentait de m'aspirer. Le vacarme de l'eau et le silence extérieur s'affrontaient et j'étais au cœur de la bataille. Inondé jusque dans mes rêves les plus profonds, rasé de près par le doux clapotis des vagues.

La puissance de l'eau sur ma conscience. Son étau. Son projet de tout engloutir et puis son renoncement. À ce moment précis, j'ai eu la conviction qu'elle aurait pu ramener à la vie ou tuer n'importe qui. C'était une puissance retenue. Un mastodonte de plume. Un animal féroce qui s'était endormi près d'un arbre et que le sommeil avait désarmé. J'étais l'insecte venu se poser sur son museau sans faire de bruit, au-dessus de ses rêves. L'insecte qui explorait une fourrure dont la lumière était en train de vanter les mérites.

J'ai barboté une bonne demi-heure, cette salière géante au bord des lèvres et la peau attendrie. Prêt à être dévoré.

Quand je suis sorti de l'eau, les nuages s'étaient regroupés là-haut et mes frissons ont vu en eux un bel alibi.

Par la suite, pas un jour ne s'est écoulé sans que je descende à la crique prendre un bain. C'était un rituel agréable, un secret bien gardé entre elle et moi.

Il m'arrivait de lui rendre visite tôt le matin, ou bien en fin d'après-midi. Parfois même, lorsque mon travail au jardin avait été éreintant, j'attendais le soir pour profiter avec elle une dernière fois de la lumière avant la nuit.

J'aimais cette relation dans laquelle mon mutisme laissait le champ libre à ses murmures. Le silence parvenait à se frayer un chemin entre ses haut-le-cœur et prenait lui aussi part à la conversation. Nous l'écoutions tous deux, motus et bouche cousue, faire rugir ses vagues. Elle faisait bien plus qu'exister. Sans elle, l'île ne brillait presque plus.

Un matin, Snoopy est venu me voir pour me demander un service. Il devait quitter l'île pour deux jours et voulait savoir si je me sentais prêt à faire la navette.

— Tu verras c'est pas bien compliqué (il puait la vinasse et le fuel, et ses yeux ressemblaient à deux promesses abandonnées au bord d'une histoire d'amour).

J'ai accepté parce que, malgré tout, Snoopy était un brave type. Et puis j'étais curieux de voir ce que ça faisait de se balader sur son rafiot toute la journée.

J'ai passé l'après-midi avec lui pour apprendre les rudiments. Ce n'était de toute évidence pas bien compliqué. Une petite gorgée de tord-boyaux, une main sur la barre et l'autre dans la poche. Il avait un petit poste de radio réglé sur une onde qui grésillait et diffusait de vieilles chansons américaines. C'était agréable comme boulot. De temps en temps, il fallait tourner la tête pour s'assurer que tout se passait bien sur le pont. En général quand on y jetait un œil, cinquante pour cent des touristes profitaient du paysage et l'autre moitié était penchée par-dessus bord pour jeter un peu de ses tripes à la mer. Il fallait donc s'assurer que ceux qui étaient malades restent à bord jusqu'au terminus. Snoopy m'a raconté qu'une fois un type s'était foutu à l'eau. Ç'avait été une sacrée merde. Snoopy avait dû couper net le moteur pour récupérer le type. Heureusement, ce jour-là, la mer n'était pas très en forme et il n'avait pas eu trop de mal. Mais selon lui, si c'était arrivé un de ces jours où la mer a besoin d'une camisole, ç'aurait été une tout autre histoire.

Il m'a dit de faire gaffe quand une jolie fille en minijupe se penchait, qu'il fallait rester concentré, ne pas se laisser distraire.

— Une fois, j'ai failli emboutir un autre bateau à cause de ça. Il faut vraiment que tu fasses gaffe *amigo* !

Il avait pris un ton de cérémonie, l'heure était grave. Les jambes d'une jolie fille étaient vraiment la dernière chose avec laquelle se rincer l'œil ici. De même que les flics refusent de prendre un verre durant leur service, il fallait refuser chaque jambe de jolie fille offerte à la vue. Il m'a confié avoir hésité longtemps à mettre un écriteau « *Minijupes interdites* », ou « *Interdit aux filles pourvues de trop jolies jambes* », mais il avait eu peur de passer pour un obsédé et y avait renoncé.

Je lui ai dit qu'il n'avait pas de souci à se faire, et qu'il y avait suffisamment d'eau autour de nous pour se rincer l'œil. Ç'a eu l'air de lui convenir comme réponse, et mon clin d'œil a fait office de signature de contrat.

Toute la nuit, j'ai rêvé que je naviguais au milieu des icebergs et que j'avais pour unique passagère une jolie fille qui avait oublié de mettre un pantalon. J'ai atteint le terminus de la nuit sans encombre. J'étais fin prêt.

Il n'y avait pas trop de vent, la mer était légèrement hérissée et le soleil frôlait ses pointes. C'était une belle journée pour découvrir un beau métier. Je me sentais libre, et j'appliquais les consignes sans que cela affecte ma soif de découverte. Les touristes étaient peu nombreux et cela tombait bien. Aucune minijupe à signaler, concentration maximale, les yeux flattés par tant d'espace.

Par moments, j'entendais un touriste vomir et puis tousser. J'entendais des rires, des moqueries, le moteur essoufflé du rafiot en pleine joute avec les vagues, les mouettes, des bruits de flashes d'appareils photo, et le silence derrière tout ça, tapi dans l'ombre des légers vacarmes de ce matin attentionné.

Les touristes embarquaient, débarquaient, et chaque petit voyage était un nid douillet entre deux morceaux de terre. Tout était en flottement, jusqu'à la dernière des idées qui vous passait par la tête et qui rebondissait un moment avant de passer le relais à une autre. Je me suis souvenu de ma vie. Ma misérable vie loin de l'île. Celle que j'allais retrouver dans quelque temps et qui rendrait cet instant si gracieux. J'ai repensé aux dettes, aux femmes qui ne reviennent pas, à l'histoire d'amour entre mes fesses et le canapé miteux, aux errances dans l'appartement, à l'envie qu'on met plusieurs jours à retrouver parmi tout ce fatras, aux espoirs coincés entre deux sourires, à l'attente, à l'odeur de la ville quand elle s'endort, à l'amour menacé par la haine, aux ombres qui sauvegardent notre peau, à l'absence.

Je me sentais ici au bon endroit au bon moment. Là où les rêves ont encore une chance de se faire une place. Une seule de ces mouettes valait tous les pigeons de la grand-place, tous leurs becs crochus et toutes leurs frites mâchouillées. Un seul centimètre carré d'horizon valait bien tous les immeubles alignés, prêts à se faire fusiller par mille regards sévères.

Sur le coup de midi, j'ai englouti un sandwich tout en maintenant le cap. Parce que c'était le genre de boulot qu'on faisait sans attendre une pause. On se fichait bien de maintenir la cadence et d'assurer le rendement, puisque l'horizon payait en conséquence. Parfois, une mouette se posait sur l'avant du bateau. Je m'imaginais que c'était ma mouette apprivoisée. Mon bateau. Ma mer. Mon île. Puis la mouette s'envolait et tout ça m'échappait.

La seconde journée s'est dans un premier temps montrée tout aussi clémente. La mer était un peu moins calme mais j'avais pris le coup de main et déjà plus rien n'avait de secret pour moi. Chaque nuage était analysé, chaque vague décortiquée. Le rafiot filait droit et le plaisir que j'avais pris la veille était toujours là.

Puis il y a eu cette fille en minijupe. Qui a embarqué vers 15 heures, alors que le sandwich englouti à midi pesait déjà lourdement sur ma concentration. Cette fille et ses deux jambes sublimes venues concurrencer vagues et nuages… Snoopy m'avait préparé à ça, alors tout allait bien se passer. Ce n'était qu'une paire de jambes. Mais quelle paire de jambes ! C'était un nouvel horizon venu voler la place de l'autre. Et j'assistais impuissant à ce combat sans vouloir prendre parti. Un coup d'œil au loin, un coup d'œil sur les gambettes. Une garde alternée des jolies choses. Elle est restée toute la traversée debout à l'arrière, ne me dévoilant que son dos, ce qui était bien suffisant.

Ce fut la traversée la plus périlleuse de toutes. Un accident est vite arrivé et la rigueur est de mise.

Surtout ne pas flancher. Ne pas prendre ses deux guibolles pour une nouvelle destination. Filer droit et s'en remettre à l'étendue bleue, ne pas la trahir. Laisser la jolie fille dans un joli rêve pour plus tard. Un rêve à emporter. Ne pas consommer sur place. Un songe qu'on ramène délicatement à la maison avant d'en profiter.

Par moments, une de ses jambes bougeait légèrement et il me semblait alors apercevoir des effluves de parfum s'en échapper. S'évaporer dans ce que l'air ambiant concentrait de moiteur et d'obstacles olfactifs. Se faufiler entre les autres touristes pour rejoindre mon imagination.

La fille a finalement débarqué pour emmener ses gambettes se dégourdir sur les chemins de l'île. Plus de peur que de mal. J'ai profité de ce moment de répit, où le moteur n'est plus qu'un murmure mécanique impatient de crier, pour les admirer. Il y avait très longtemps que je n'en avais pas vu d'aussi belles. Très longtemps que je ne m'étais pas rendu compte à quel point il me manquait une fille. Et son image s'est associée à toutes celles de cette journée magnifique pour fabriquer un souvenir. Il n'y a pas eu d'autres jolies jambes à signaler jusqu'au soir.

J'ai retrouvé Snoopy sur la jetée.

— Alors, tout s'est bien passé mec ?

— Impeccable, tu m'embauches quand tu veux !

— Je t'avais dit que ce rafiot était une perle.

Nous avons vidé quelques verres puis la nuit est apparue. Un paquet de soie enveloppant une poignée de souvenirs indélébiles.

Alors que je revenais du supermarché, j'ai aperçu Bob qui faisait bronzette sous le porche.

— Bonjour Bob, belle journée, hein ?

C'est une des premières choses qu'un homme dit à un autre homme qu'il ne connaît pas encore assez.

— Oui, fameuse. Une journée idéale pour lézarder au soleil.

— Qu'est-ce que vous diriez de venir manger chez moi ce soir, j'ai acheté de quoi cuisiner un repas digne de ce nom.

Il a émis un sourire qui était en soi une réponse mais a quand même pris soin d'ajouter :

— Avec plaisir, jeune homme, mon frigo commençait justement à ne plus ressembler à grand-chose.

Je lui ai proposé de venir vers 19 heures, et puisqu'il tenait absolument à apporter sa contribution, je lui ai dit qu'une bonne bouteille de vin serait la bienvenue.

Tout l'après-midi, j'ai jonglé avec poêles et casseroles, suivant à la lettre une des recettes de l'encyclopédie. Comme quoi ce bouquin avait tout de même quelques cordes à son arc.

Il s'agissait de badigeonner des cailles avec un mélange de beurre, de miel et de moutarde, puis de les faire dorer au four assez longtemps pour que leurs plumes ne soient plus qu'un relent perdu dans des arômes. En accompagnement, j'ai fait revenir de petites pommes de terre dans le jus de volaille. Si le moment venu le goût s'avérait aussi délicat que l'odeur qui inondait présentement la cuisine, ce mets promettait d'être exceptionnel. La dernière fois que j'avais cuisiné avec autant de précautions, le résultat avait été un massacre sans nom, laissant une viande plus noire qu'une nuit profonde baigner dans son jus figé. Aussi je me suis félicité de parvenir à de telles prouesses culinaires.

J'ai eu tout juste le temps de prendre une douche que Bob a frappé à la porte.

— Votre ami a du goût, c'est une charmante maison.

— En effet je m'y sens très bien, je vais avoir du mal à partir.

— Qui vous oblige à partir ?

J'ai souri.

— Mon ami, lorsqu'il reviendra. Je devrai reprendre la petite vie qui est la mienne.

Nous avons bu plusieurs whiskys, et la soirée s'est illuminée.

Bob m'a avoué avoir eu la même sensation les premières fois qu'il était venu sur l'île. Qu'ici la vie était plus simple, plus imprévisible, plus attentionnée, plus amoureuse.

Nous sommes passés à table et Bob a fait de beaux compliments à propos de mes cailles. Le vin qu'il avait apporté allait divinement bien avec. Chaque gorgée réchauffait le fond de la gorge et allumait toujours plus de lumières autour de nous.

Après manger, nous sommes allés nous installer dans le salon et j'ai sorti un vieux cognac dont le bouchon n'avait de toute évidence pas été ôté depuis des années. Il avait l'odeur d'une nuit souriante, le goût d'un baiser qu'une jolie fille a oublié il y a longtemps sur vos lèvres.

Après quelques verres, Bob était tellement ivre que sa bouche n'a pas pu arrêter le trop-plein de mots. Et subitement c'est comme si toutes les lumières s'étaient éteintes une à une. Je n'aurais probablement rien su si le bouchon du cognac était resté scellé.

— Vous savez, il existe une solution pour ne pas quitter l'île…

Bob m'a expliqué que l'accident de chasse qui avait coûté la vie à son ami n'en était pas vraiment un. L'état d'ébriété dans lequel nous étions a sans doute minimisé ma réaction. Alors que j'aurais dû être choqué, je n'ai été que profondément surpris.

Bob venait de m'avouer de but en blanc qu'il avait tué son ami. Que son héritage et sa présence ici n'étaient pas le fruit du hasard.

— Bob, vous êtes sérieux ?

— Tout à fait sérieux, jeune homme. Cela reste entre nous, il va sans dire. Mais, à présent, vous savez qu'il existe une solution.

Le malaise s'est emparé de la fin de soirée et nous avons bu en échangeant des choses futiles, sans revenir sur ce qui venait d'être déterré.

Bob est parti vers une heure du matin, comme si de rien n'était. Je n'ai pas fermé l'œil de la nuit, essayant d'en découdre avec le cognac et les horribles aveux qui faisaient leur bout de chemin dans ma conscience.

Une semaine. C'est le temps qu'il restait avant qu'Henry ne rentre de son séjour pour mettre un terme au mien. Les solutions allaient et venaient dans ma tête, toutes plus saugrenues les unes que les autres. Certains rayons de soleil mettaient en lumière quelques réponses, et certains nuages noirs s'amusaient à poser d'autres questions.

Je ne parvenais pas bien à comprendre pourquoi l'envie inextinguible d'habiter l'île pour toujours était si forte. Certes, la mer y était douce et chaque journée pleine de surprises, mais il y avait aussi tous ces bouquins monstrueux, ce gosse inquiétant qui hantait les bords de la falaise à la recherche d'un père transformé depuis belle lurette en appât à poissons, ces gens qui vous réveillaient au milieu de la nuit pour vous vendre une encyclopédie largement perfectible, ces avions publicitaires qui anticipaient chacun de vos faits et gestes. D'autres choses faisaient contrepoids. Cette magnifique soirée à cueillir des étoiles filantes, ces traversées délicieuses à la barre du rafiot de Snoopy, cette neige en plein été, excessivement blanche, qu'aucun météorologue n'était en mesure de prédire.

Il me restait à faire un choix entre le sucre d'ici et l'amertume d'ailleurs. Entre le confort de cette nouvelle vie imprévisible et la routine dont j'avais déjà trop soupé.

Deux avions publicitaires ont traversé le ciel à quelques secondes d'intervalle. Le premier pour me signaler que ma braguette était ouverte, et le second pour annoncer aux îlotiers l'arrivée imminente d'une tempête et qu'il était préférable de rester prudent et barricadé.

Bob devait déjà être au courant puisque ses volets étaient clos et qu'il avait fixé à l'aide de cordages le grand saule dominant son terrain.

Le jardin, que je m'étais efforcé de bichonner depuis quelques semaines et qui n'attendait que le retour de mon ami pour lui faire quelques courbettes, ne serait plus dans quelques heures qu'une feuille dans la tourmente.

J'ai réfléchi à une manière de le protéger, feuilleté l'encyclopédie, élaboré quelques plans peu convaincants, pour finalement abandonner toute tentative de sauvetage et le laisser affronter seul la tempête. Même si l'issue de la bataille semblait évidente, ce serait malgré tout un combat, tout ce qu'il y a de plus loyal, entre deux morceaux de nature. Et puis peut-être qu'avec un peu de chance la tempête le laisserait quand même briller encore un peu jusqu'au retour des ronces.

J'ai suivi les recommandations à la lettre et je me suis cloîtré. J'avais des provisions d'alcool et de nourriture pour quelques jours, je ne risquais donc pas grand-chose.

Vers 20 heures, il soufflait à l'extérieur comme un enfant sur des bougies d'anniversaire. Vers 21 heures, les choses sérieuses ont commencé. Pour son anniversaire, le môme avait fini par rameuter dix copains affamés et ses parents avaient eu la bonne idée de mettre des bougies qui se rallument.

Les volets applaudissaient, et j'ai bu un whisky en attendant le massacre.

Je n'ai pas fermé l'œil cette nuit-là. La bicoque était malmenée et chaque rafale laissait planer le doute. J'étais l'un des trois petits cochons, et le loup comptait bien recommencer à souffler jusqu'à ce que la maison s'envole.

La bouteille de whisky était à moitié vide et l'ivresse m'aidait à ne pas trop m'en faire. De temps à autre, un volet qui était à deux doigts d'abandonner et de fiche le camp se ravisait. Les tuiles n'étaient pas non plus encore très certaines de rester, elles se tâtaient. Si elles avaient pu se gratter la tête, elles l'auraient fait.

Vers 2 heures du matin, j'ai entendu une masse cogner violemment contre le mur du salon. Probablement un arbre déraciné, même si le bruit sec aurait aussi pu être celui d'un éléphant qu'on vient d'abattre.

Nestor n'en menait pas large lui non plus et je me suis collé contre lui sur le canapé. Je ne sais pas lequel de nous deux avait le plus besoin de l'autre au milieu de toute cette solitude. Et ce vacarme d'apocalypse n'en finissait pas de jouer avec nos nerfs.

Je me suis levé pour faire les cent pas dans la maison. J'aurais juré que cette tempête cherchait à me dissuader de rester sur l'île. Juré qu'elle menaçait de tout foutre en l'air si je ne promettais pas de mettre les voiles rapidement.

J'avais rarement été aussi seul. Et cette solitude allait aussi bien avec le tapage qu'avec nos yeux ronds. J'avais entendu dire que les soirs de grandes tempêtes, les îlotiers mettaient un instant leur vie entre parenthèses. Je me suis appliqué à mettre mes mains au fond de mes poches, ce qui m'a semblé être la parenthèse la plus sûre et la plus confortable pour attendre un dénouement.

Je m'étais endormi sans m'en rendre compte, un minuscule rayon de soleil s'est offert le luxe de me ramener à la vie. Il était 9 heures, et le vent, lui, avait fini par crever.

J'ai fait le tour de la maison pour ouvrir les volets. La première chose que j'ai vue, c'est le saule de Bob allongé devant chez moi. Je l'ai immédiatement associé à l'éléphant.

Le jardin était devenu une morgue dans laquelle certains macchabées avaient peut-être encore une infime chance de s'en sortir. Certains pieds de tomates, partiellement déracinés, bougeaient encore. Il fallait toutefois que le ciel bleu y aille généreusement sur le bouche-à-bouche pour ranimer tout ce que la tempête avait ravagé.

Seule la mer n'avait pas bougé. Toujours bien peignée, presque immobile et sereine, se reposant d'une nuit qu'un amour fou avait trop agitée.

Mes yeux ont remonté lentement le long de la falaise et j'ai été surpris d'apercevoir le gosse déjà à son poste. Peut-être se contentait-il de venir voir si la tempête n'avait pas ramené par un heureux hasard sur la berge son père ou quelque autre trésor enfoui depuis longtemps. D'ici, je ne voyais rien. Pas l'ombre d'un père, ni celui d'un trésor. Quelques mouettes tout au plus, dont le plumage humide et brillant, lustré par un soleil de plomb, se prenait pour de l'or en barre.

J'ai jeté un œil en direction de chez Bob, et mis à part le saule qui jouait au cadavre devant chez moi les dégâts semblaient minimes.

La tempête avait aussi brossé les dunes, mais ça ne faisait pas plus d'effet que lorsqu'une fille dans le besoin change sa raie de côté pour faire croire qu'elle revient de chez le coiffeur. Nous restions, malgré tous ces bouleversements mineurs, en terrain connu. Le vent n'avait pas réussi à rendre l'île moins belle, ni moins généreuse. Son plan s'était enrayé et le sabotage qu'il avait pourtant savamment orchestré n'avait pas fait beaucoup plus de dégâts qu'un pétard mouillé.

Le soleil qui se voulait plus intense ce matin brandissait bien haut sa victoire, derrière laquelle chaque habitant pouvait ranger sa fierté. L'île s'offrait une nouvelle naissance, remettait en ordre petit à petit chaque arbre, chaque moue, chaque brindille que le vent avait secoué. J'avais rarement été aussi heureux. C'était un festin géant où l'on pouvait goûter à tout. Et je plongeais les yeux, les doigts, les oreilles avec délectation dans ce que ce paysage matinal venait d'apporter à mes sens sur un plateau.

J'ai longé la plage à peine réveillé. Le compte à rebours était lancé et dans trois jours Henry serait de retour.

Il allait falloir que je lui rende son chien, sa maison, ses clés, ses repères. Tout ce qui m'avait appartenu. Tout ce à quoi je m'étais attaché ces quatre dernières semaines.

J'ai pesé le pour et le contre. Ils faisaient le même poids et les départager m'a paru totalement impossible. Pour prendre conscience de l'essentiel, il fallait accorder assez d'importance au futile. C'est un ami moitié fou moitié ivre qui m'avait dit ça un jour, aussi fallait-il prendre ses paroles avec beaucoup de précautions. Mais j'y croyais dur comme fer. Et je contemplais chaque détail jusqu'à ce que le dérisoire m'ouvre les portes de l'évidence. Ce n'était pas gagné d'avance car ce matin beaucoup de portes restaient fermées. Chaque pas dans le sable était un pas vers ce que je ne voulais pas. Chaque minute écoulée, une torture. Chaque regard vers l'horizon, une tentation trop grande d'échouer. Il aurait fallu revenir en arrière. Au premier jour. Au premier contact avec cette plage. Revenir à l'origine de ma rencontre avec l'île. Ou bien il aurait fallu relativiser pour ne pas craquer ce matin, mais j'étais soudain pris d'une émotion si grande qu'elle me submergeait. Et dans ma tête deux ou trois petites pointes d'espoir s'appliquaient à écoper.

J'ai pansé les plaies du jardin comme j'ai pu et aidé Bob à débiter son arbre mort. Depuis qu'il m'avait confié son secret, j'avais du mal à le regarder en face et nous ne parlions que très peu. Il y avait beaucoup de vent entre chacune de nos phrases, et le vacarme de la tronçonneuse nous aidait à perdre toute communication. Nous n'en étions que plus productifs. Une fois le travail fini, il m'a remercié et a regagné sa demeure, comme s'il n'avait jamais tué un ami.

Plusieurs poubelles avaient été éventrées et la rue était parsemée de détritus. J'ai ramassé ce que je pouvais pour me donner bonne conscience, comme on efface les empreintes dans une pièce après un meurtre.

Petit à petit tout rentrait dans l'ordre. Il était rassurant de se rendre compte qu'il y avait eu plus de peur que de mal. Que l'île n'en était pas à son coup d'essai en matière de self-défense. Qu'elle savait aussi bien encaisser les coups que caresser. Qu'elle pouvait être coquette et ne pas se laisser faire. Elle m'a fait penser à cette fille qui était avec moi à la fac. Une fille splendide qu'il ne fallait pas trop emmerder. Une fille pleine de paradoxes. Qui à l'école de la vie avait dû choisir krav-maga option effeuillage de marguerites.

C'était ma dernière nuit, seul dans ce lit. Dans cette maison. Sur cette île. À moins que j'en finisse une bonne fois pour toutes avec Henry, c'était bel et bien ma dernière nuit ici.

Et cette idée me tétanisait. Dans ma tête, sang et amour n'en finissaient pas de se foutre dessus. Scalpant au passage toutes les réponses. Et en mourant ces réponses emportaient avec elles autant de solutions. J'ai commencé à fomenter, du bout de mes pensées, quelques dénouements horribles.

J'aurais pu louer le bateau de Snoopy, proposer à Henry une petite escapade en mer, et le jeter par-dessus bord. La mer était un peu agitée ces derniers jours et sauf transformation de dernière minute en triton il n'avait aucune chance de s'en sortir.

J'aurais pu l'empoisonner. Je ne savais pas exactement de quelle manière m'y prendre, mais l'encyclopédie détenait probablement la solution. Hop ! ni vu, ni connu. Son âge rendant tout à fait plausible une crise cardiaque.

J'aurais pu le pousser du haut de la falaise. Comme je l'avais remarqué à plusieurs reprises, ici la nuit recouvrait tout, et il n'y aurait aucun témoin. Le pousser du haut de la falaise et crier au suicide.

J'avais tellement d'options pour rester qu'il m'était difficile d'en valider une seule.

Comment Bob s'était-il débarrassé de son ami ? Peut-être que la chasse légitimait la proie. Qu'en de telles circonstances l'arme du crime n'avait rien d'incongru. On changeait simplement une balle perdue en un ami perdu. Un tour de magie. Et l'affaire était rapidement classée.

Bien entendu, ça faisait jaser un moment : « *Il a pris son ami pour un sanglier !* », « *Pour une bécasse !* », « *Pour un lapin !* », « *Vrai qu'il avait de grandes oreilles, mais tout de même !* » Et puis les doutes se dissipaient lentement. De temps en temps on s'en amusait encore un peu dans les cafés : « *Tu te souviens de ce type qui a tué son ami à la chasse ?* », « *Ouais, ce con a cru que c'était un sanglier !* », « *C'est vrai qu'il avait un caractère de goret, mais tout de même !* » Puis plus rien. L'histoire disparaissait des discussions et des moqueries. Et le chasseur sachant chasser prenait la place du mort. Qui va à la chasse…

Mais je ne pouvais me résoudre. Henry était mon ami. Et puis j'avais toujours été une proie. La vie m'avait fait ainsi. Et une proie restait une proie. À subir les assauts plutôt qu'à les lancer. À se cacher plutôt qu'à chercher. À saigner plutôt qu'à faire couler le sang. On n'inversait pas les rôles si aisément. Demain, Henry allait rentrer dans son terrier et moi retourner dans le mien. La vie allait reprendre son cours. Recommencer à nous malmener. À nous lancer ses chiens aux trousses. Chaque jour continuer à nous courir après, nous traquer, tenter de nous tuer à la moindre occasion.

J'ai gambergé toute la nuit. Imaginer le meurtre d'Henry me salissait déjà les mains.

Vers 3 heures du matin je pleurais à grosses larmes. Je me suis mis la tête sous la douche pour mélanger les larmes à l'eau. Pour diluer peur et démence et envoyer toute cette mixture au trou.

Je devais faire partie de ces personnes pour qui imaginer le pire était déjà un meurtre. Pour qui le seul fait d'y penser rendait coupable.

Nestor ne m'était d'aucune aide, affalé au pied du lit, prisonnier d'un beau rêve suspendu loin de toutes ces considérations délirantes.

Petit, il m'arrivait souvent d'être déçu par le dénouement d'un film. Il était alors amusant d'imaginer une fin meilleure, qui épargnait le héros ou lui rendait sa famille. Cette nuit, cela m'était impossible. Parce que les idées qui me passaient par la tête étaient de simples bulles qui éclataient avant d'avoir eu le temps de s'élever.

J'ai essayé de me raisonner. De me convaincre que tout ça était idiot. Que seul l'homme qui aimait trop une femme pouvait légitimement se mettre dans cet état, et que la femme qui était en train de me rendre fou n'avait pas de bouche, pas de cul, pas de jolis yeux. Celle qui était en train de me rendre cinglé n'était qu'une île. Une île sur laquelle je n'avais passé que quelques semaines et dont la population était composée à quatre-vingt-dix pour cent de fous.

J'ai marché jusqu'à la falaise en caleçon, comme si elle était une simple porte d'entrée apparue au pied de mon lit. J'ai posé la bouteille de whisky et le paquet de clopes et je me suis approché du bord. J'ai regardé le vide dans les yeux. L'horizon était invisible. Une promesse que le monde n'aurait pas tenue.

Il a fallu que ce soit la mer qui vienne me tirer de là. Qu'elle me ramène à la raison. Qu'elle s'assoupisse sur mes horreurs. Et j'ai passé le reste de la nuit à regarder dormir cet embryon d'éternité.

Quand l'aube s'est pointée, j'avais presque terminé le paquet de cigarettes et foutu un sacré coup à la bouteille de whisky. J'étais toujours en caleçon au bord de la falaise et un frisson m'a laissé entendre que je ferais mieux de rentrer avant que les choses tournent mal.

J'avais l'impression d'être un clochard qui s'est fait tirer ses fringues pendant qu'il dormait et sur qui le monde vient de déposer la lumière du jour comme une couverture trouée.

Je ne me sentais pas à la bonne place. Le cul entre deux chaises, très loin d'un canapé. C'est le vent qui me ramenait au bercail, en me donnant de violents coups dans le dos sans mesurer sa force. L'aube avait réveillé la mer qui était en train de faire sa toilette. Quelques mouettes s'apprêtaient à se lester de poisson avant de passer la matinée à glandouiller. Dans le brouillon du jour il n'y avait pas de bruit plus assourdissant que celui de mes hésitations. Je rentrais buvant-clopant, à petites lampées, à petites bouffées. Ma cadence retenue parvenait quand même à m'essouffler. Chaque ombre s'accrochait à mes pas pour les rendre plus lourds.

Je suis tombé dans mon lit, frigorifié, mes dents comme le métronome au début d'un morceau.

Henry allait rentrer d'un moment à l'autre, alors j'ai fait la poussière et lavé le sol. J'ai fait ce que font tous les touristes avant de rendre les clés d'une maison de location, après qu'une semaine de vacances vient de fondre comme neige au soleil.

Je portais attention aux moindres détails, puisque chaque détail allait de pair avec au minimum un souvenir (quand ce n'était pas plusieurs). J'ai envié jusqu'au dernier bibelot de la maison qui avait la veine d'être encore ici pour un bon bout de temps. Sans pouvoir bouger, certes, mais par chance statufié dans un endroit privilégié où la simple présence et la plus stricte des passivités suffisaient à vivre plus légèrement que n'importe où.

J'avais remis le disque d'Ella Fitzgerald. C'était celui que j'avais écouté le jour de mon arrivée, et j'aimais que les boucles soient bouclées. Ses chansons n'avaient plus la même saveur. La nostalgie s'emparait d'elles au point de les métamorphoser, de changer leur caractère. Elles étaient plus tristes, plus noires, plus détachées qu'au premier jour. On aurait dit qu'Ella sentait qu'il se passait quelque chose. Que c'était la fin d'une belle aventure, et qu'elle avait décidé de chanter différemment pour marquer le coup.

Une fois la maison lustrée, je me suis affalé dans le fauteuil pour commencer à me réhabituer à ma vie hors d'ici.

J'ai attendu ainsi calmement le retour de mon ami, et la fumée piquante s'est mise à rendre légitimes mes yeux presque liquides.

Je m'étais endormi et c'est la voix d'Henry qui m'a réveillé.

— Alors, c'est comme ça qu'on garde la maison ?

Je suis sorti de ma torpeur en catastrophe et nous nous sommes souri.

— Désolé, je me suis assoupi et je pensais être réveillé avant que tu arrives.

Nestor lui a sauté dessus et il a en retour généreusement flatté son poil. Le soleil était charnu et infatigable, mais si on me demandait quel temps il faisait ce jour-là je pourrais répondre : « *Il faisait triste.* » J'ai essayé de ne pas montrer mes sentiments à Henry et je pense qu'il n'en a rien su.

— Alors, tu as pu en profiter un peu ?

— Un peu ? Tu es loin du compte, j'ai pris mon pied, tu veux dire !

— C'est vrai que tu ressembles un peu moins à un cachet d'aspirine, m'a-t-il dit en se moquant. Et maintenant ?

— Maintenant, je vais rentrer chez moi, j'y suis si bien…

— Tu sais que tu es le bienvenu, ici, quand tu veux.

— Oui, je sais, je te remercie. Je reviendrai, sois en sûr. Mais cette fois il faut vraiment que je rentre, que j'affronte mes problèmes. Ici n'était qu'une parenthèse.

Nous avons dérivé lentement vers des sujets plus légers. Vers des sourires et un peu de nostalgie. Henry était en forme, heureux de retrouver son chez-lui. Il avait cet air guilleret et un peu gêné qu'on prend les jours de retrouvailles.

Pendant que nous discutions de choses et d'autres, une image horrible m'est passée par la tête. Je me suis vu en train d'étrangler Henry. Il se débattait et essayait de retourner la situation à son avantage mais je serrais de toutes mes forces. J'ai balayé l'image, aussi vite que possible. Il était grand temps que je quitte l'île. J'éprouvais plus de déception que de jalousie et c'est sans doute ce qui m'avait empêché de passer à l'acte.

Mes valises étaient bouclées et m'attendaient dans le hall d'entrée. Nous nous sommes serré la main chaleureusement, comme deux amis qui ne savent pas exactement quand ils se reverront. J'ai senti qu'une autre image horrible était à deux doigts d'apparaître, mais je ne lui ai pas laissé le temps de s'installer.

Je suis sorti et j'ai traversé le jardin. J'ai arraché une mauvaise herbe qui était revenue à la charge.

Avant de rejoindre la navette pour quitter l'île, j'ai voulu passer un dernier moment sur la plage.

Elle était déserte, calme, attentive, et la mer était sa copie conforme. Elle prenait soin de chacun de mes pas.

J'ai marché pieds nus un moment, en direction du port. L'horizon était dégagé. Seuls un ou deux nuages dissimulaient ses parties intimes.

Avant de quitter la plage pour de bon je me suis assis. J'ai senti le contact privilégié de mon corps avec l'île.

J'ai ôté mes chaussures et en ai tapissé le fond de sable. J'en ai mis une bonne couche puis j'ai plongé les pieds dedans et les ai lacées. Je me suis levé et les premiers pas ont dit la vérité. C'était divin, incroyable. Le gamin rencontré au début de mon séjour avait raison. Je n'avais soudain plus l'impression de marcher à reculons. J'avais sous les pieds de quoi retrouver ma vie boueuse sans totalement quitter le confort de celle-ci. Désormais, j'irais au boulot en traversant la plage, aux enterrements en traversant la plage, à mes rencards en traversant la plage.

J'ai marché de plus en plus vite, jusqu'à ce que mes pieds et le sable ne fassent plus qu'un. Jusqu'à ce que peau et minéral s'imbriquent. Un avion publicitaire a longé l'horizon : « *Toutes les bonnes choses ont une fin.* »

Ce matin, il faisait un temps de chien. Un troupeau de vaches qui pissent. Le genre de temps qui n'incite pas ceux qui n'ont pas de travail à en dégoter un. Ce même genre de temps qui ferait préférer l'alcool à l'eau du robinet. Allez savoir.

À un moment, le ciel est devenu si sombre que le canapé s'est mis à briller au milieu de la pièce, alors je m'y suis assis.

J'ai repensé à l'époque où tout allait un peu mieux. L'époque où j'avais quelqu'un à embrasser avant et après le travail. Une paire de lèvres à chacune de ses extrémités, de quoi mettre le labeur entre parenthèses. J'ai repensé à ce que le rire d'une femme fait des démons. À la façon dont il déchiquette les problèmes un par un avec les dents.

Sainte-Pélagie lui aurait sûrement plu. Parce que Sainte-Pélagie était sa copie conforme. Une sœur jumelle, avec des vagues à la place de la bouche et un brin de folie en guise de cœur. Je me suis dit que, si elle m'avait supporté plus longtemps, elle aurait pu voir elle aussi à quoi ressemble une étoile filante.

Qu'il se serait sans doute passé quelque chose entre elle et l'île. Qu'on aurait été bien tous les trois.

Ce matin, je ne me sentais plus à ma place même sur un canapé. J'attendais que ce qu'il me restait d'elle se dilue doucement dans l'appartement. Que les images deviennent des formes grossières, des odeurs nauséabondes, des sons presque inaudibles, plus rien.

Il allait falloir que je me bouge. Oublier ce qu'il y avait à oublier et ne pas perdre une miette du reste. J'allais y aller progressivement. Étape par étape. Pas à pas, sans brusquer les choses. Certains accès de courage sont comme des oiseaux : on n'a pas envie de les voir s'envoler. Alors j'ai cheminé précautionneusement au milieu des piafs pour ne pas les effrayer.

Il s'est arrêté de pleuvoir, mes yeux ont quitté la fenêtre et se sont posés sur ma montre. J'avais encore un peu de temps avant le rendez-vous de 11 heures. Largement de quoi traverser la plage jusqu'au frigo pour me prendre une dernière bière.

FIN

LIGNES DE SUITE

J'ai moi aussi, depuis quelques années maintenant, un beau spécimen de canapé à la maison. Du genre qu'on se dispute lorsque le temps est gris et le moral assorti. Si bien qu'il y a quelque temps, j'ai dû passer un deal avec le chat. *Fifty-fifty*. Désormais, je lui laisse le canapé le matin et il fait place nette l'après-midi. C'est un bon compromis. Nous respectons nos engagements. Nous sommes tout ce qu'il y a de plus loyal en termes de flémingite aiguë. Nos courages respectifs sont à peu près de la même taille. Celle d'un raisin sec. Je ne vais pas trop m'étendre sur ce sujet car il reste tabou et personne ici n'ose vraiment en parler. C'est quelque chose qui doit rester secret. Une sorte de *Fight club* de la sieste. À tel point que, si ma copine apprenait ça, nous devrions probablement revoir les clauses du contrat et partager un peu plus le temps qui nous est accordé chaque jour sur l'objet tant convoité.

Quand je ne suis pas sur le canapé, j'écris. C'est donc entre deux siestes que j'ai écrit *La Dictature des ronces*. Entre deux guerres de territoire avec le chat. Lorsque je quitte l'accoudoir chaud du canapé, je deviens homme au foyer des mots. Ils sont pas mal à courir un peu partout et je peux vous assurer que ce n'est pas une mince affaire que d'essayer d'ordonner tout ça. Il n'y a pas toujours assez de place dans ma tête alors je les couche sur des feuilles ou sur un écran. Une fois que je les sais en sécurité, cela me permet d'envisager l'avenir plus sereinement. Et la sieste qui s'ensuit n'en est que plus méritée.

Ils sont parfois pénibles, je ne dis pas le contraire, mais sans eux je ne sais pas vraiment ce que je ferais. Probable que je négocierais une nouvelle fois avec le chat pour revoir le planning.

Mais pour l'heure je me sens bien avec eux et je ne pense pas au pire. Nous passons de si bons moments… Certains jours ils n'en font qu'à leur tête, un mot reste un mot. Mais ils sont attachants. Je ne parle pas des mots bien éduqués qu'on place au Scrabble ou dans les grilles de mots croisés. Les mots que j'ai ici sont totalement indépendants. Il y en a qui se perdent et d'autres qui visent de grandes carrières. Je ne fais pas de favoritisme. Je les aime tous de la même façon. Ce que je préfère, c'est quand ils viennent dormir avec moi. Quand en début d'après-midi je m'allonge sur le canapé et qu'ils sont tout un paquet, comme des larves dans ma tête. La sieste peut commencer. Nous sommes tous là serrés les uns contre les autres. La température est idéale, la fatigue à son comble, l'envie de dormir plus forte que tout. Alors nous profitons de la sieste pour préparer le terrain. Chaque livre est l'enfant d'un gros rêve et d'un petit courage. Et j'espère sincèrement que ce sale gosse vous aura fait passer un bon moment.

GUILLAUME SIAUDEAU

« *Étonnant premier roman. Empli de poésie et de dérision.* »

Xavier Houssin
Le Monde des Livres

Guillaume SIAUDEAU
TARTES AUX POMMES ET FIN DU MONDE

Il faudrait que les chiens puissent voler, avec des ailes en carton.
Ou qu'ils se réincarnent en revolver.
Il faudrait que la caissière du supermarché, pour laisser le temps aux amoureux de s'aimer, ne trouve jamais le code-barres sur les boîtes de maquereaux.
Il faudrait qu'au fil suspendu des jours, les perles soient moins abîmées.
Bref, il faudrait que la vie, toujours, ait le goût des tartes aux pommes.
Auquel cas, vraiment, ce ne serait pas la fin du monde.

Ouvrage composé par
PCA 44400 Rezé

Imprimé en France par CPI
en juillet 2016
N° d'impression : 3018439

POCKET - 12, avenue d'Italie - 75627 Paris Cedex 13

Dépôt légal : août 2016
S26516/01